aur.

Knaur.

Im Knaur Taschenbuch Verlag sind bereits folgende Bücher des Autors erschienen:
Süden und das Gelöbnis des gefallenen Engels
Süden und der Straßenbahntrinker
Süden und die Frau mit dem harten Kleid
Süden und das Geheimnis der Königin
Süden und das Lächeln des Windes
Süden und der Luftgitarrist
Süden und der glückliche Winkel
Süden und das verkehrte Kind
Süden und das grüne Haar des Todes
Süden und der Mann im langen schwarzen Mantel
Süden und die Schlüsselkinder

Killing Giesing
Gottes Tochter
German Angst
Die Erfindung des Abschieds
Abknallen

Über den Autor:
Friedrich Ani wurde 1959 in Kochel am See geboren. Er arbeitete als Reporter, bevor er sich ganz dem Schreiben widmete. Er schreibt Romane, Kinderbücher, Gedichte, Hörspiele, Drehbücher und Kurzgeschichten. Seine Bücher wurden in mehrere Sprachen übersetzt und vielfach ausgezeichnet, so u.a. mit dem Tukan-Preis für das beste Buch des Jahres der Stadt München. Als bisher einziger Autor erhielt Ani den Deutschen Krimipreis in einem Jahr für drei Süden-Titel gleichzeitig. 2010 folgte der Adolf-Grimme-Preis für das Drehbuch nach seinem Roman »Süden und der Luftgitarrist«. Friedrich Ani lebt in München.

Friedrich Ani

SÜDEN UND DAS VERKEHRTE KIND

Roman

Knaur Taschenbuch Verlag

Dieser Titel erschien im Knaur Taschenbuch Verlag 2004 bereits
unter der Bandnummer 62387.

Besuchen Sie uns im Internet:
www.knaur.de

FSC
www.fsc.org
MIX
Papier aus verantwortungsvollen Quellen
FSC® C083411

Vollständige Taschenbuch-Neuausgabe November 2011
Knaur Taschenbuch

Umschlaggestaltung: ZERO Werbeagentur, München
Umschlagabbildung: plainpicture/Martin Llado
Satz: Adobe InDesign im Verlag
Druck und Bindung: CPI – Clausen & Bosse, Leck
Printed in Germany
ISBN 978-3-426-51041-4

2 4 5 3 1

Ich arbeite auf der Vermisstenstelle
der Kripo und kann meinen eigenen
Vater nicht finden.
Tabor Süden

1

»Dies, Herr Süden«, sagte der Staatsanwalt, »ist ein Kontaktgespräch. Wir sind allein in diesem Raum, ein übrigens, bei allem Respekt, nicht sehr kommoder Raum; ich wusste nicht, dass Sie Ihre Vernehmungen unter derart beengten Verhältnissen durchführen müssen. Wir sind allein, Herr Süden. Wir haben eine halbe Stunde Zeit. Wenn wir mehr Zeit brauchen, werde ich sehen, was ich tun kann. Nichts wird protokolliert. Im Moment. Herr Süden?«

Dr. Michael Vester betrachtete mein Schweigen. Sein Blick fixierte meinen Mund, als hätte er anderweitige Absichten.

»Ja«, sagte ich dann.

»Ich möchte Sie etwas fragen.« Er hatte die Hände auf dem Tisch übereinandergelegt und klopfte in regelmäßigen Abständen mit dem rechten Daumen auf den linken Handrücken, möglicherweise nicht aus Nervosität oder Ungeduld, es wirkte eher wie ein Tick. »Haben Sie getrunken, diese Nacht?«

»Ja«, sagte ich.

»Wie viel haben Sie getrunken?«, sagte Vester.

»Fünf Bier«, sagte ich.

»Fünf Nulldreigläser?«

»Fünf Flaschen«, sagte ich. Es waren sieben gewesen, aber ich stand nicht unter Eid.

»Das ist sehr viel«, sagte Vester.

Sein Daumen hob und senkte sich, wir sahen uns an,

vom einen Ende des rechteckigen Tisches zum anderen, wir waren uns vorher noch nie begegnet, und als er heute Morgen um halb acht vor der Tür meiner Wohnung stand, sagte er als Erstes: »Ich freue mich, Sie kennen zu lernen.« Dann sagte er: »Leider sind die Umstände wenig erfreulich.«

Je länger wir inzwischen in dem kleinen Raum mit dem niedrigen Fenster im zweiten Stock des Dezernats saßen, desto unerfreulicher wurden die Umstände. Und ich war der Grund dafür.

»Wenn es zur Vernehmung kommt«, sagte Vester, »muss ich eine Blutprobe veranlassen. Sie wissen das.«

»Ja«, sagte ich.

Es war nicht meine Absicht, einsilbig oder verstockt aufzutreten, ich konnte nicht anders, die halbe Nacht lang hatte ich gesprochen, nun war ich erschöpft und meine Stimme ein ausgehöhltes Organ. Überhaupt befand ich mich an diesem Morgen in einer Höhle tausend Kilometer unter der Oberfläche des Tages, in einer Finsternis so weit jenseits dieses zehnten April, dass ich mir nicht sicher war, ob es mir je wieder gelingen würde, meine Stimme, meinen Schatten, meine Existenz zurückzuerlangen. Nicht einmal Sonja, deren Nähe mich in den vergangenen Stunden vor dem vollkommenen Absturz bewahrt hatte, reichte jetzt noch für eine bescheidene Rettung. Die Wände der Höhle berührten meinen Körper. Beinah bildete die Gegenwart des Staatsanwalts eine Art gerichtsverwertbaren Beweis dafür, dass es mich noch gab. Durch ihn hatte ich einen Platz in der Wirklichkeit, solange er, irgendwo am Ende eines Tisches, mir gegenübersaß, stellte ich eine Koordinate in einem geordneten, erprobten System dar, man konnte mich sehen und ansprechen und ausfragen und verurteilen. Doch es fiel mir schwer, mich nicht selbst zu verurteilen und wegzusperren und zu vergessen.

»Hören Sie mir zu?«, fragte Vester.

»Ja«, sagte ich. »Wenn es sein muss.«

»Bitte?«

»Die Blutprobe«, sagte ich.

»Wir werden sehen.«

Der Tisch war leer. Vester hatte seine Aktenmappe auf einen Stuhl gelegt und kein Blatt herausgenommen. Und ich war, als er mich gemeinsam mit Karl Funkel und Volker Thon abholen kam, derart abwesend gewesen, dass ich vergessen hatte, meinen kleinen karierten Block und den Kugelschreiber einzustecken. Das war mir noch nie passiert. Die Utensilien gehörten zu meiner Erscheinung wie die an den Seiten geschnürte Lederhose, das weiße Leinenhemd, die Narbe am Hals und die Kette mit dem blauen Stein und dem Adlermotiv.

Auch hatte ich mich, entgegen meiner Gewohnheit, sofort hingesetzt und war nicht stehen geblieben, hatte mich nicht an die Wand gelehnt, tat, wozu der Staatsanwalt mich aufforderte. Und ich war ihm dankbar.

»Möchten Sie Mineralwasser trinken?«, sagte er.

»Nein«, sagte ich.

»Fühlen Sie sich nüchtern?«

Ich schwieg.

»Sie haben die Nacht in Ihrer Wohnung zusammen mit der Kollegin Feyerabend verbracht«, sagte er.
Ich schwieg.
»Herr Süden.« Er tippte mit dem Daumen auf seine Hand und sah mich an, eine Minute oder länger, und ich erwiderte seinen Blick. »Ich möchte Sie, obwohl es nicht notwendig wäre, weil Sie das Procedere kennen ... Sie sind ein erfahrener Kriminalist, und, wie ich weiß, einer unserer erfolgreichsten, und ich muss nochmal sagen, ich freue mich wirklich, Sie persönlich kennen zu lernen, eine andere Situation wäre mir allerdings lieber, Ihnen auch, schätze ich ... Sie können immer noch, jetzt sofort, wenn Sie wollen, einen Rechtsbeistand hinzuziehen. Obwohl dies ein Kontaktgespräch ist, worauf ich großen Wert lege. Möchten Sie das? Wollen Sie sich Ihre Entscheidung noch einmal überlegen? Sie erhalten jede Chance, die Ihnen zusteht, ich werde versuchen, Sie nicht anders zu behandeln als jede andere Person in Ihrer Lage.«
Er machte eine Pause, holte Luft, sah zum Fenster, durch das nur spärlich Licht hereinfiel, runzelte die Stirn und senkte für einen Moment den Kopf.
»Das ist das erste Mal, dass ich gegen einen Polizeibeamten ermitteln muss«, sagte Vester. »Ich geb zu, keine einfache Situation. Wie für Sie auch, schätze ich. Wir hatten die Bedenkzeit also beide nötig. Ich für mein Teil habe gestern den ganzen Tag Ihre Akten gelesen, auch nachts noch, statt Bier habe ich schwarzen Tee getrunken, vermutlich die gleiche Menge wie Sie. Was mir auf-

gefallen ist: Sie sind ein eigenwilliger Beamter, Sie neigen dazu, auszuscheren. Würden Sie diese Einschätzung teilen?«

»Was meinen Sie mit ›ausscheren‹?«

»Aus der Gruppe. Sie scheren aus dem Team aus, aus dem Kollegenkreis, Ihr Kollege Thon hat mir meinen Eindruck bestätigt. Gleichwohl schätzt er Sie außerordentlich, das hat er ausdrücklich betont.«

Er sah mich an und zupfte am Ärmel seines hellblauen, klein karierten Hemdes, dessen Manschetten aus den dunklen Sakkoärmeln hervorstanden. Ich schätzte Dr. Michael Vester auf Ende vierzig und vermutete, dass er bis vor einiger Zeit schlanker gewesen war, da er sich in Abständen an die Wangen fasste und sie drückte und sich mit schnellen unauffälligen Bewegungen über die Hüften strich. Er trug eine teure silberglänzende Armbanduhr, und wenn er einen Blick darauf warf, ließ er sich Zeit.

»Hat Torsten Kolb Anzeige erstattet?«, sagte ich.

Er antwortete erst nach einer Weile, während er mich unvermindert anstarrte.

»Wir sitzen hier«, sagte Vester, »weil ich darüber zu beschließen habe, ob wir ein Verfahren einleiten müssen oder nicht. Unabhängig von Herrn Kolb, der sich zu der Sache bis zur Stunde nicht geäußert hat. Es geht hier nicht um die Sache Kolb, jedenfalls nicht in erster Linie, es geht um Sie. Sie sind der Grund, warum Herr Thon keine andere Wahl hatte, als mich zu informieren beziehungsweise einfach das zu tun, was er tun muss. Mich und Sie muss die Frage beschäftigen, ob Ihr Verhalten eine Dienstaufsichtsbeschwerde und möglicherweise förmliche Disziplinarmaßnahmen nach sich zieht. Im Augenblick möchte ich mir nur ein Bild von Ihnen machen, ich möchte Ihre Sicht der Vorfälle kennen lernen, und ich versichere Ihnen, was immer in Ihren Akten stehen mag, die Äußerungen mancher Kollegen, Anmerkungen über eigenmächtiges Verhalten und dergleichen, Ihre eigenen Aussagen zu bestimmten Fällen und Personen – das alles werde ich nicht dazu benutzen, ein eventuelles strafrechtliches Ermittlungsverfahren gegen Sie zu untermauern. Mit all dem, was ich erwähnt habe, können Sie sich nicht selbst beschuldigen, machen Sie sich darüber keine Sorgen! Ausschließlich Ihr Verhalten vom Montag zählt, Sie sind im Augenblick kein Beschuldigter, ist Ihnen das klar?«

»Natürlich.«

»Gut«, sagte Vester. »Haben Sie zum jetzigen Zeitpunkt den Wunsch, dass Ihr Vorgesetzter Thon oder Dezernatsleiter Funkel an diesem Kontaktgespräch teilnimmt?«

»Nein.«

»Ich versuche, Ihnen Möglichkeiten zu bieten, damit Sie sich wohl fühlen, damit Sie sich entspannen, damit wir vernünftig und schnell zu einer Klärung kommen. Sind Sie sicher, dass Sie dieses Gespräch weiter allein mit mir führen wollen?«

»Ja«, sagte ich.

»Dann weise ich Sie darauf hin, dass ich, wenn ich den Eindruck gewinnen sollte, es wäre notwendig, im Anschluss an dieses Kontaktgespräch eine informatorische

Befragung durchführen werde, und zwar in Anwesenheit der Herren Thon und Funkel.« Vester faltete die Hände und holte tief Luft. »Selbstverständlich würde ich nach dieser Befragung eine Aktennotiz erstellen und meine Erkenntnisse und Schlussfolgerungen dem Tatbefundsbericht hinzufügen. Von unserem jetzigen Gespräch wird es keinerlei Vermerke geben, das hab ich Ihnen bereits erklärt. Auch wenn es Ihnen merkwürdig oder überflüssig erscheint: Ich weise Sie nochmals darauf hin, dass Sie das Recht haben, die Aussage zu verweigern. Ich finde zwar nicht, dass Sie das tun sollten, aber ...«

»Ich auch nicht.«

Vester nickte, setzte an, etwas zu sagen, und zögerte. Das Sirren der Neonröhre an der Decke krönte die Stille.

»Erzählen Sie jetzt!«

Ich schwieg. Ich fror. Mein Herz schlug unterirdisch.

Sein Nicken ging über in Kopfschütteln und endete abrupt.

»Das ist alles, was Sie dazu zu sagen haben?«, fragte er. »Das ist Ihre Aussage? Und Sie würden dabei bleiben, wenn es zu einer offiziellen Vernehmung und im schlimmsten Fall zu einer Dienstaufsichtsbeschwerde käme?«

»Ja«, sagte ich. Dann stand ich auf, ging zur Wand, lehnte mich dagegen und verschränkte die Arme. Ich versuchte, meine innerliche Erstarrung zu überlisten, das Sprechen hatte mir dabei geholfen. Aber als ich die Wand mit dem Rücken berührte, hatte ich vergessen, was ich gesagt hatte.

»Bitte setzen Sie sich wieder!«, sagte Vester.
»Ich stehe lieber.«
»Ich bitte Sie.«
Ich bewegte mich nicht.
Vesters Daumen zuckte. »Demnach wollen Sie, dass wir das Kontaktgespräch beenden«, sagte der Staatsanwalt.
»Sie können mich weiter befragen.«
»Sinnlos.« Er nahm die Aktenmappe vom Stuhl und ging zur Tür. »Wir machen fünfzehn Minuten Pause, dann beginnen wir mit der informatorischen Befragung. Ich bitte Sie, das Dezernatsgebäude nicht zu verlassen.«
Ich blieb an der Wand stehen, bis Sonja Feyerabend in der offenen Tür auftauchte.
»Traust du dich nicht herein?«, sagte ich.
»Was ist passiert?«, sagte sie.
Sie trug einen grauen Rollkragenpullover aus Cashmere und Bluejeans. Ihre halblangen braunen Haare, die sie frisch gewaschen hatte, glänzten fast im Neonlicht, und das Leuchten ihrer Augen schien die trostlose Entfernung zwischen uns zu begrünen. Ich wollte auf sie zugehen und schaffte es nicht.
Sie blickte über die Schulter in den Flur.
»Der Staatsanwalt behauptet, du kooperierst nicht.«
»Nein«, sagte ich.
»Soll ich dir einen Kaffee bringen?«
»Nein.«
Sie machte einen Schritt ins Zimmer, als hinter ihr eine Stimme ertönte.
»Entschuldigen Sie!«

Sonja hielt inne und drehte sich um. Gefolgt von Kriminaloberrat Karl Funkel, dem Leiter des Dezernats 11, und Hauptkommissar Volker Thon, meinem direkten Vorgesetzten, kam Michael Vester wieder herein.

»Ich muss leider darauf bestehen, dass Sie den Raum verlassen, Frau Feyerabend«, sagte der Staatsanwalt.

Hinter den Männern tauchte Erika Haberl auf, die Sekretärin aus dem K 114, der Vermisstenstelle, mit einer Kunststofftasche in der Hand. Ich wusste, was darin war.

»Ich möchte nicht, dass Sie an der Vernehmung teilnehmen«, sagte Vester zu Sonja. »Sie werden das verstehen.«

Sonja warf mir einen Blick zu, den zu erwidern mir nicht gelang, obwohl meine Augen so grün waren wie die ihren.

»Bitte setzen Sie sich dorthin!« Vester meinte Erika Haberl und zeigte auf den Stuhl neben dem Tisch. Sie setzte sich, packte den Laptop aus, schloss das Kabel an und startete den Computer.

Nur in den seltensten Fällen benutzten wir bei Vernehmungen Tonbandgeräte, entweder wir schrieben selbst mit – was mein Freund und Kollege Martin Heuer und ich meistens taten – oder wir fertigten hinterher ein Protokoll an. Die schnellste Methode war, eine Schreibkraft hinzuzuziehen, und Erika Haberl galt als eine der zuverlässigsten Kräfte auf diesem Gebiet, sie arbeitete konzentriert und ausdauernd, unterdrückte jegliches Mienenspiel, so krude oder fürchterlich die Aussagen des Verdächtigen auch sein mochten, und formulierte fehlerhafte Ausdrücke selbstständig und korrekt um.

»Bitte setzen Sie sich an den Tisch«, sagte der Staatsanwalt.
»Ich stehe lieber.« Es waren nur noch drei Stühle vorhanden.
»Das geht in Ordnung«, sagte Funkel. Er zog einen Stuhl vom Tisch weg und setzte sich in die Nähe der Tür, die beiden anderen Männer nahmen am Tisch Platz und wandten sich mir zu.
Neben den Laptop hatte Erika Haberl ein Päckchen Papiertaschentücher, einen unlinierten Schreibblock und einen Bleistift gelegt. Manchmal, das kannte ich aus meiner Erfahrung mit ihr, notierte sie Wörter, die sie nicht verstand, manchmal auch Dinge, die sie nach Dienstschluss unbedingt einkaufen musste.
»Fertig«, sagte sie, nachdem sie das Datum und den Ort der Vernehmung hingeschrieben hatte.
»Herr Süden«, sagte Vester. »Möchten Sie nach den Paragraphen zweiundfünfzig und dreiundfünfzig StPO vom Aussageverweigerungsrecht Gebrauch machen?«
»Nein«, sagte ich.
»Vernehmungsbeginn neun Uhr zwanzig, Mittwoch, zehnter April. Hauptkommissar Tabor Süden wurde darüber belehrt, dass er die Aussage verweigern kann, wovon er keinen Gebrauch macht. Diese informatorische Befragung dient ausdrücklich der Klärung der Frage, ob ein Straftatbestand vorliegt oder nicht. Außer dem Staatsanwalt nehmen daran teil ... Sie kennen die Namen, Frau Haberl. – Herr Süden, trifft es zu, dass Sie vor zwei Tagen, am Montag, dem achten April, in diesem

Raum in Gegenwart Ihres Kollegen Martin Heuer die Vernehmung eines Mannes durchgeführt haben, der verdächtigt wurde, an der Entführung seiner eigenen Tochter beteiligt zu sein?«

»Der Verdacht besteht immer noch«, sagte ich.

»Bitte gewöhnen Sie sich an, auf meine Fragen zu antworten«

Vester saß aufrecht da, die Ellbogen auf den Armlehnen, mit ausdrucksloser Miene.

»Ja«, sagte ich.

»Im Verlauf dieser Vernehmung kam es zu einer tätlichen Auseinandersetzung zwischen Ihnen und dem Verdächtigen, stimmt das?«

»Ja.«

»Warum?«

»Er log uns an«, sagte ich. »Er machte sich lustig über uns. Er machte uns Vorwürfe ...«

»Welcher Art waren diese Vorwürfe?«, unterbrach er mich.

»Wir seien nicht fähig, seine Tochter zu finden, deshalb würden wir unsere Unfähigkeit an ihm abreagieren.«

»Gab es weitere Vorwürfe?«

»Ja«, sagte ich.

Funkel blickte zu Boden, Thon kratzte sich mit dem Zeigefinger am Hals und wirkte angespannt und wütend. Und er hatte Grund dazu.

»Torsten Kolb sagte, er könne uns sowieso nicht ernst nehmen, weil wir betrunken seien.«

»Was haben Sie darauf erwidert?«, sagte Vester.

»Dasselbe wie Sie«, sagte ich. »Er solle auf unsere Fragen antworten und sonst nichts.«
»Hat er das getan?«
»Er hat weiter gelogen.«
»Wie kam es zu der tätlichen Auseinandersetzung?« Dasselbe hatte er mich vor einer halben Stunde gefragt.
»Er sagte, ich soll ihn am Arsch lecken.«
»Und deswegen haben Sie ihn gepackt, vom Stuhl gezerrt und zu Boden geworfen?«
Funkel kratzte sich an der Lederklappe über seinem linken Auge, Thon nestelte an seinem Halstuch, eine Angewohnheit, die mir in diesem Moment komisch vorkam.
»Ich weiß nicht mehr, warum ich es getan habe.« Dasselbe hatte ich schon vor einer halben Stunde zu ihm gesagt.
Nach einem Schweigen sagte Karl Funkel: »Du musst eine Erklärung finden. Denk nach, was waren die letzten Worte, bevor du ausgerastet bist, wir brauchen eine Erklärung.«
»Anmerkung«, sagte Vester und drehte ein wenig den Kopf zu Erika Haberl. »Hauptkommissar Süden ist bekannt für seine eigenwilligen Verhörmethoden, wie aus seinen Akten hervorgeht. Obwohl er bisher nie handgreiflich wurde, so fühlten sich einige Personen, die es mit ihm zu tun bekamen, durch seine Art herausgefordert, auch Kollegen, wie Kommissariatsleiter Thon bestätigte.«
»Dies ist keine Beschuldigtenvernehmung, Herr Staatsanwalt«, sagte Thon, ohne ihn anzusehen.

»Das war eine Anmerkung«, sagte Vester. »Herr Süden ... Bleiben Sie bei Ihrer Aussage? Soll Ihre Erklärung ›Ich weiß nicht, warum ich den Verdächtigen Kolb niedergeschlagen habe‹ so ins Protokoll?«

»Nein«, sagte ich. Er wollte etwas sagen. »Ich habe ihn nicht niedergeschlagen«, sagte ich. »Ich habe ihn zu Boden geworfen, sonst nichts.«

»Es bleibt beim Tatbestand der Körperverletzung in Ausübung Ihres Dienstes. Ist Ihnen das bewusst?«

»Natürlich«, sagte ich.

»Anmerkung«, sagte Vester. »Bis zum jetzigen Zeitpunkt liegt keine Anzeige des Opfers vor. Herr Süden ... Folgen wir vorübergehend Ihrer Formulierung, Sie hätten den zur Vernehmung geladenen Torsten Kolb nicht niedergeschlagen, sondern lediglich zu Boden geworfen. Würden Sie sagen, dass diese Formulierung auch auf Ihr Vorgehen gegen Ihren Kollegen Martin Heuer zutrifft?«

»Nein.«

»Dann frage ich Sie: Trifft es zu, dass Sie Ihren Kollegen, Hauptkommissar Martin Heuer, unmittelbar nachdem Sie Torsten Kolb zu Boden geworfen haben, tätlich angegriffen, seinen Kopf gegen die Wand geschlagen, ihn mit einem Faustschlag ins Gesicht niedergestreckt und anschließend auf ihn eingeschrien haben, und zwar so lange, bis Kollegen aus anderen Büros aufmerksam wurden und den schwer verletzten, blutenden Kommissar vorfanden? Trifft es zu, dass Sie, als Ihre Kollegen bereits den Raum betreten hatten, immer noch weiter auf den am Boden liegenden Martin Heuer einschrien,

obwohl Sie sahen, wie schwer verletzt er war und dass er dringend ärztliche Hilfe benötigt hätte?«
Ich ließ die Arme fallen, legte den Kopf in den Nacken und schloss die Augen.
»Das trifft zu«, sagte ich. »Ich habe meinen besten Freund krankenhausreif geprügelt, ich habe ihn geschlagen und angeschrien.«
»Warum haben Sie das getan?«
Mit geschlossenen Augen, den Kopf im Nacken, sagte ich: »Weil er es verdient hatte.«

2

Bekleidung: blaue Jeanshose mit künstlich eingefärbten Flecken und ausgestellten Beinen, grüner Pullover mit silbernen Sternen, rote Jeansjacke mit weißem Kunstpelzkragen und der Aufschrift »Superstar«, blassblaue Turnschuhe mit Klettverschluss
Haare: dunkelbraun, mittellang, durchsetzt von geflochtenen Rastazöpfchen
Figur: schlank
Augenfarbe: braun
Größe: 129 Zentimeter
Alter: 6 Jahre
Geschlecht: weiblich
Nationalität: deutsch
Sprache/Dialekt: Deutsch
Besondere Merkmale: an der linken Schläfe eine 1,5 Zentimeter lange Narbe
Weitere Informationen: Nastassja neigt dazu, fremde Leute auf der Straße anzusprechen und sie zu fragen, wohin sie gehen. Sie hat ein offenes freundliches Wesen.
Fragen: Wer hat Nastassja Kolb seit dem Abend des 4. April gesehen? Wer kann Angaben über ihren derzeitigen Aufenthalt machen? Wer hat ungewöhnliche Beobachtungen in der Münchner Josephinenstraße beziehungsweise auf der Prinz-Ludwigshöhe gemacht?
Sachverhalt: Seit Freitagabend, 5. April, wird die 6-jährige Nastassja Kolb aus München vermisst. Das Mädchen verließ ihr Elternhaus in der Josephinenstraße 8

gegen 17.30 Uhr. Möglicherweise wirkte sie zornig und hatte es eilig. Vorausgegangen war ein Streit mit ihrer Mutter. Nach Aussagen ihres 13 Jahre alten Bruders Fabian, der sie vom Fenster aus noch gesehen hat, lief das Mädchen die Josephinenstraße hinunter in Richtung Ludwigshöher Straße.

Zuständige Dienststelle: Kriminalkommissariat 114, Dezernat 11, Bayerstraße

Sachbearbeiter: Tabor Süden

Wie bei jeder Vermissung, die wir ernst nehmen mussten, begann die Fahndung mit dem Ausfüllen von Formularen, die wir per Fax an verschiedene Dienststellen schickten, während der Kollege Wieland Korn beim Landeskriminalamt die Daten ins INPOL-System eingab, von wo aus diese über Nacht mit der VERMI/UTOT-Datei des BKA vernetzt wurden, um sie mit Informationen über Vermisste und unbekannte Tote abzugleichen. Parallel dazu erhielten ausgewählte Inspektionen vom LKA Fernschreiben, die wesentliche Details über die verschwundene Person enthielten. Beim Verdacht auf ein Verbrechen schalteten wir die Öffentlichkeit ein, in Fällen von Kindsvermissungen, sofern es sich nicht um Streuner und polizeibekannte Ausreißer handelte, banden wir so früh wie möglich die Medien mit ein, nicht nur, damit sie uns bei der Suche unterstützten, sondern auch aus Gründen des Selbstschutzes: Je offener und direkter wir mit der Presse umgingen, desto ungestörter konnten wir unsere Arbeit verrichten, ohne über jeden Schritt der Fahndung extra Auskunft geben zu müssen.

Darüber hinaus klebten wir Plakate an U- und S-Bahn-Haltestellen, in die Nähe von Jugend-, Einkaufs- und Vergnügungszentren, verteilten Laufzettel und Postwurfsendungen, durchsuchten vor allem die nähere Umgebung des Kindes, Keller, Speicher, Garage, das Grundstück sowie seine Lieblingsplätze, schickten Streifenbeamte zu Friedhöfen, wo sich weggelaufene Kinder oft versteckten, und überprüften so viele Freundschaften, Bekanntschaften und familiäre Verbindungen wie möglich. Sämtlichen Krankenhäusern und ambulanten Diensten, den Leitstellen der Verkehrsbetriebe und den Taxizentralen übersandten wir Fotos des Kindes und Beschreibungen von Kleidung, Aussehen und Verhaltensmerkmalen.

Manchmal beschäftigten sich von Anfang an rund sechzig Kollegen mit dem Fall, nach Einrichtung einer Besonderen Aufbauorganisation, einer BAO, die schließlich in eine Sonderkommission überging, waren es oft an die hundert Kriminalisten, die rund um die Uhr Befragungen durchführten, Spuren und Hinweise aus der Bevölkerung überprüften, die üblichen Wege des Kindes wieder und wieder abfuhren, Personen im Ausland aufstöberten, die in einer Verbindung zum Kind standen. Zu Hilfe kamen uns außerdem sowohl polizeiinterne als auch externe Psychologen und Rechtsmediziner sowie Spezialisten der Operativen Fallanalyse aus dem Präsidium oder dem BKA.

Das plötzliche, unerklärliche Verschwinden eines Kindes, das auch nach mehreren Stunden nicht nach Hause zurückkehrte, bedeutete für uns den Super-GAU, und wir erlebten ihn ungefähr fünfmal im Jahr. Wir hatten also Erfahrung, doch diese Erfahrung erhöhte weder unser Trostvermögen noch erleichterte sie uns das Durchschauen der Lügen, die uns die Angehörigen auftischten, bei jeder Vermissung von neuem, ausnahmslos, ganz gleich, wie schrecklich die Umstände sein mochten. Das Einzige, was mich meine zwölfjährige Erfahrung auf der Vermisstenstelle wirklich gelehrt hatte, war: Hinter den Tränen, dem Schrecken und dem Flehen in einem Zimmer, das eine einzige leere Stelle zu sein schien, gab es eine verschlossene Tür, die zu öffnen die Angehörigen ebenso fürchteten wie den Tod des Verschwundenen oder dessen unerwartete Rückkehr. Denn sie wussten, sie waren Teil seiner Geschichte, und die Fragen, mit denen ich sie konfrontierte, führten zu jener Tür, hinter der sie seit jeher ihre Lügen, ihre Schuld, ihre Feigheit und die Bastarde ihrer Gedanken verbargen. Und sie begriffen, dass in diesem Zimmer zwar ein Mensch fehlte, dieser aber seinen Schatten zurückgelassen hatte, der einen Schlüssel besaß, den einzigen, der in das unheimliche Schloss passte.
Matrimonia Kolb sah ich die Panik vom ersten Augenblick an, sosehr sie auch schluchzte und sich mit Alkohol zu betäuben versuchte.

»Gründe des Verschwindens«, sagte Martin Heuer, der die Unterlagen und Formulare vor sich auf dem Tisch liegen

hatte. Ich stand in der Nähe des großen Fensters, dessen grüne Läden geschlossen waren. Es war Freitag, der fünfte April, eine halbe Stunde vor Mitternacht.
»Bitte hören Sie zu«, sagte Martin. »Die Anzeige muss vollständig sein. Wir wissen jetzt, was Ihre Tochter angehabt hat, aber wir brauchen noch mehr Informationen. Drogen und Alkohol können wir ausschließen.« Demonstrativ strich er die Worte auf dem Blatt durch. Matrimonia, die sich Medy nannte, war unfähig, etwas zu erwidern. Vornübergebeugt saß sie auf der Couch, die Hände vor dem tränennassen Gesicht, zwei zerknüllte Papiertaschentücher in den Fäusten. Sie trug eine schwarze weite Stoffhose und einen dunklen Wollpullover, der unförmig wirkte. Überhaupt schien ihr das Kaschieren ihrer eher fülligen Figur nicht recht zu gelingen, die Kleidung ließ sie übergewichtiger erscheinen, als sie in Wirklichkeit war. Sie hatte ein ovales Gesicht mit schmalen Lippen und einer leicht schiefen Nase, und ihre braunen gewellten Haare, die ihr auf die Schultern fielen, verliehen ihr etwas Mädchenhaftes, ebenso wie ihr Blick, der kindlich und verspielt sein konnte, wenn sie mit ihrem Sohn sprach.
Fabian Kolb hockte im Schneidersitz auf einem ausladenden Korbstuhl mit hoher geschwungener Lehne, seine Hände unter bunten Kissen vergraben, und sagte kein Wort. Ab und zu schaute ich zu ihm hinüber, dann zuckte er zusammen, weil ich ihn erwischt hatte, wie er mich auf die Entfernung beobachtete, mit zur Seite geneigtem Kopf, aus den Augenschlitzen heraus. Er hatte

die Angewohnheit, die Lider so tief zu senken, bis seine Pupillen fast nicht mehr zu erkennen waren.

»Frau Kolb«, sagte Martin.

Sie presste die Fäuste gegen die Wangen.

»Abenteuerlust können wir auch ausschließen«, sagte Martin. Er wartete auf eine Antwort. »Oder halten Sie es für möglich, dass Ihre Tochter ausgerissen ist, weil sie ein bestimmtes Ziel hatte?«

»Was denn ...« Medy Kolb schniefte, schnäuzte sich, tupfte sich mit dem zerfledderten Taschentuch den Mund ab. »Ich hab doch schon gesagt ... Nastassja ist nicht ausgerissen, ihr ist ... ihr ist was zugestoßen ...«

Jetzt sah sie Martin direkt an. »Sie ist sechs Jahre alt. Erst sechs Jahre. Was unterstellen Sie ihr denn?« Sie drehte den Kopf zu mir. »Sagen Sie doch auch mal was! Bitte!«

»Sie haben sich gestritten«, sagte ich. »Ist sie weggelaufen, weil sie Angst vor Strafe hatte?«

»Nein«, sagte Medy laut. Dann warf sie ihrem Sohn mit gerunzelter Stirn einen Blick zu, aber Fabian tat, als bemerke er ihn nicht.

»Ihre Tochter ist vorher noch nie weggelaufen?«, sagte Martin.

»Das hab ich Ihnen doch schon gesagt.« Sie hatte aufgehört zu weinen, legte die zusammengeknüllten Taschentücher neben sich und wischte sich mit einer schnellen Bewegung die letzten Tränen ab. »Ich weiß nicht, wo sie ist.« Wieder klang ihre Stimme lauter als zuvor.

»Aber Sie leugnen nicht, dass Sie Streit hatten«, sagte Martin.

»Nein.«
»Dann mach ich ein Kreuz bei ›familiäre Zwistigkeiten‹.«
»Ja. Machen Sie das Kreuz da. Stimmt ja auch irgendwie.«
Die Punkte »Vermutlicher Unglücksfall/Opfer einer Straftat« und »Freitodabsicht« hatte Martin nicht erwähnt, obwohl er ein Verbrechen ebenso für möglich hielt wie ich. Einen Selbstmord schlossen wir aus.
Seit mehr als einer Stunde befanden wir uns in der Wohnung, ohne auf einen Hinweis auf den Verbleib des Mädchens gestoßen zu sein. Als Erstes hatten wir den Keller und einen Schuppen hinter dem Haus durchsucht, bei den unmittelbaren Nachbarn geklingelt und danach versucht, mit dem Jungen ins Gespräch zu kommen. Doch er verweigerte sich, alles, was er sagte, wussten wir bereits: Dass er seine Schwester vom Fenster aus die abschüssige Straße hinuntergehen sah, anschließend habe er mit Freunden auf einer nahen Wiese Fußball gespielt, und seine Schwester sei nicht mehr aufgetaucht.
»Wann haben Sie das Haus verlassen?«, hatte ich Medy Kolb gefragt.
»Gegen acht.«
»Sie haben Ihre Tochter nicht eher vermisst?«
»Ich hab gedacht, sie ist bei den Karges.«
»Wer ist das?«
»Das sind Bekannte, sie wohnen ein paar Häuser weiter. Die Angela Karge und Nastassja sind gleich alt, sie stecken die ganze Zeit zusammen, ich hab gedacht, sie ist

dort. Die Angela hat ein ... so ein Holzpferd, so ein ... eines, das innen hohl ist ...«

»Ein Trojanisches Pferd.«

»Ja, das ist mir jetzt nicht mehr eingefallen, ich ... Ist mir nicht mehr eingefallen.« Wieder hatte sich ihre Stimme gehoben. »Die spielen darin Verstecken, die klettern da rein, das ist ein großes Pferd, wie ein Haus.«

»Haben Sie bei den Karges angerufen?«

»Ja.«

»Wann?«

»Gegen acht. Als das Essen fertig war.«

»Mit wem haben Sie gesprochen?«

»Mit Ilona, Angelas Mutter. Und sie hat mir gesagt, Nastassja war gar nicht da. Obwohl sie mit Angela verabredet gewesen ist.«

»Wieso ist sie dann nicht hingegangen?«

»Bitte?«

»Vorher, früher am Tag.«

»Ich hab ... ich habs ihr verboten.«

»Warum?«

»Sie war ungezogen.«

Konkretere Aussagen machte sie vorerst nicht, und wir wollten sie nicht drängen. Sie verließ dann das Haus und fuhr mit dem Auto die umliegenden Straßen ab. Fabian blieb zu Hause, allein, zwei Stunden lang. Was er in dieser Zeit getan hatte, wollte er uns nicht verraten, sein einziger Kommentar lautete: »Hab Englisch gelernt.« Er besuchte die zweite Klasse des Gymnasiums.

Martin Heuer notierte die Namen der Straßen, in denen Medy Kolb nach ihrer Tochter Ausschau gehalten hatte.
»Haben Sie nicht versucht, Ihren Mann zu verständigen?«, sagte ich.
Mit einem Ausdruck von Überraschung sah sie mich an, als habe sie vergessen, dass ich mich ebenfalls im Raum befand.
»Nein. Wozu denn? Nein. Er wohnt zurzeit nicht hier ...«
Sie wollte sich zurücklehnen, hielt aber in der Bewegung inne und beugte sich wieder vor, die Hände auf den Knien, mit verkrampften Fingern.
»Ja«, sagte ich. Bereits bei der Begrüßung hatte sie uns erklärt, sie lebe mit ihren Kindern allein. »Trotzdem hätten Sie ihn um Rat fragen können.«
»Um Rat?« Sie versank in einer Abwesenheit, die sogar ihr Sohn bemerkte und ihn die Augen zusammenkneifen ließ. Medy hörte auf, die Finger zu krümmen, und strich sich stattdessen mit einer Hand über die andere, ihre Gesichtszüge wurden weich, und wenn mich der Eindruck nicht täuschte, gelang ihr ein schnelles, unauffälliges, angestrengtes Lächeln. Fabian war von ihrem Verhalten, das er sich offensichtlich nicht erklären konnte, so irritiert, dass er die Beine streckte, auf seine klobige Uhr mit dem Silberarmband schaute und Anstalten machte aufzustehen. Im selben Moment stand seine Mutter auf. Und Fabian lehnte sich zurück, zog die Beine an den Körper und umklammerte die Knie.
»Bitte konzentrieren Sie sich«, sagte Martin, dessen rechte Hand leicht zitterte, vielleicht vom Schreiben, viel-

leicht vom Verlangen nach Bier und Zigaretten. Seit Tagen wich die graue Müdigkeit nicht aus seinem Gesicht, seine Tränensäcke wölbten sich unter den Augen, bläuliche Adern durchzogen die rissige Haut seiner geröteten Knollennase, und die wenigen Haare klebten zu einem struppigen Nest geformt auf seinem Kopf. Die graue Filzjacke, die er außer im Winter das ganze Jahr über trug, hing an seinem dürren Körper wie an einer falschen Garderobe, seine Erscheinung war die eines Mannes, der zwischen Ruinen existierte, begnadigt von der Zeit, die Zukunft an ihm sparte und nach und nach alles Vergangene in Schutt verwandelte, so wie sie seinen Abbruchkörper Nacht für Nacht demolierte. Ein paarmal hatte ich versucht, mit ihm zu sprechen, mit ihm zu schweigen, mit ihm zu trinken und zu sprechen und zu schweigen, und er hatte zugehört, und am Ende hatte der Alkohol uns beide jedes Mal in einen Zustand maßloser Lächerlichkeit versetzt, für den kein Ekel ausreichte. Ich wusste, dass Martin Heuer trotzdem fähig war, an einem Fall zu arbeiten, Protokolle zu führen, die richtigen Fragen zu stellen. Er war zu routiniert, um sich gegenüber Fremden eine Blöße zu geben. Doch in meinen Augen saß er nackt und alt und desorientiert in diesem Zimmer, und wenn er Matrimonia Kolb aufforderte, sich zu konzentrieren, meinte er damit vor allem sich selbst. Denn das Nichtsprechen der Zeugin marterte ihn, lieferte ihn den Umtrieben der gläsernen Kobolde aus, von denen er manchmal am Abgrund einer Dämmerung sprach und die, so kam es ihm vor, überall in seinem

Körper Splitter verteilten, ungeschriene Worte, von denen inzwischen Tausende in ihm steckten und die er nicht loswurde. Er brachte sie einfach nicht aus sich heraus, und auf unerklärliche Weise, meinte er, würden die Worte anderer ihn erleichtern, ablenken von seiner elementaren Unfähigkeit, endlich das alles auszusprechen, auszuspucken, was ihn von innen her wund rieb. Vielleicht, dachte ich mitten in der riskanten und komplexen Vernehmung von Matrimonia Kolb, hatte ich deshalb mein Schweigen perfektioniert, um unsere Freundschaft nicht zu verlieren, sein Vertrauen und meine Geduld.

»Mein Mann hat damit nichts zu tun«, sagte Matrimonia Kolb.

»Womit?«, sagte Martin schnell.

»Mit meiner Tochter.«

Sie stand da, überlegte, wandte sich noch einmal um, nahm die Papierknäuel von der Couch und behielt sie in der Hand.

»Was werden Sie jetzt unternehmen?«, fragte sie.

Martin legte den Stift auf seinen Block und fuhr sich über die Stirn. »Alle Inspektionen der Umgebung sind informiert«, sagte er. »Die Kollegen fahren die ganze Nacht die Gegend ab. Wenn Ihre Tochter morgen früh nicht zurück ist, weiten wir die Fahndung aus.«

Sie nickte, auf eine undurchschaubare Art wie zuvor. Möglicherweise war sie vollkommen verstört und versuchte, ihre Gefühle zu verbergen, was allerdings wenig zu ihrem anfänglichen Heulkrampf passte. Ihre Stimmungen schwankten stark. Zudem hatte ich das Verhältnis zwischen ihr und ihrem Sohn noch nicht durchschaut, einerseits schienen sie sich, aus welchen Gründen auch immer, gegenseitig zu schützen, andererseits belauerten sie sich, als fürchteten sie unangenehme, nicht abgesprochene Bemerkungen oder Verhaltensweisen.

Wenn wir nicht aufpassten, neigten wir dazu, uns im Anfangsstadium solcher Ermittlungen in Verdächtigungen, Unterstellungen und Vorurteile hineinzusteigern, weil wir aus Erfahrung misstrauisch waren und rasch genervt von vermeintlich taktischen Spielen der Zeugen und weil unsere berufsbedingte Forschheit und Selbstsicherheit einen Automatismus nach sich zogen, der eine gewisse Blindheit nicht ausschloss. Das Problem war, dass dieser Automatismus in den meisten Fällen direkt zum Ziel und zur Aufklärung führte, und zwar innerhalb kurzer Zeit. Und wenn es etwas gab, das wir uns unter keinen noch so verschwurbelten Umständen leisten konnten, dann war es Trödeln.

»Wir machen jetzt eine Pause«, sagte Martin und erhob sich so ruckartig von seinem Stuhl, dass Matrimonia Kolb mit dem Kopf zuckte. »Wir gehen raus und Sie denken nach, was Sie uns noch zu sagen haben. Außerdem möcht ich, dass Sie nochmal versuchen, Ihren Mann zu erreichen. Er muss herkommen.«

»Ich möchte das nicht.«

»Rufen Sie ihn an, sagen Sie ihm, er soll sich beeilen!«

»Wir haben zurzeit keinen Kontakt, ich will das nicht«, sagte sie mit lauter Stimme.

»Wir lassen ihn sonst mit einer Streife holen«, sagte Martin, schon an der Tür, die grüne Zigarettenpackung in der Hand.
Vor dem Korbstuhl blieb ich stehen. »Du hast keine Vorstellung, wo sich deine Schwester aufhalten könnte?«
Fabian zog die Beine noch enger an den Körper. »Hab ich doch hundertmal gesagt: Nein. Glauben Sie mir nicht?«
»Ich weiß nicht«, sagte ich.
»Ist aber wahr.«
»Was hast du in den zwei Stunden gemacht, in denen du allein in der Wohnung warst?«
»Hab ich doch hundertmal gesagt: Ich hab Englisch gelernt, Vokabeln. Sie können mich ja abfragen, wenn Sie wollen.«
»Und niemand hat in dieser Zeit angerufen?«
»Nein«, sagte er trotzig.
»Und du hast auch niemanden angerufen?«
»Nein.«
»Warst du im Zimmer deiner Schwester?«
»Was?« Er sah mich an und dann weg, starrte seine blauen Socken an.
»Warst du im Zimmer deiner Schwester, Fabian?«
»War ich nicht.«
»Ich glaube schon«, sagte ich.
Er erwiderte nichts.
»So was macht er nicht«, sagte seine Mutter.
»Rufen Sie jetzt Ihren Mann nochmal an, Frau Kolb«, sagte ich.

»Der Typ hat hier nichts verloren«, stieß Fabian hervor, sprang vom Stuhl und schlurfte mit zorniger Miene aus dem Zimmer. Ich hörte eine Tür schlagen und bald darauf dumpf klingende Rockmusik.

Matrimonia Kolb hatte wieder Tränen in den Augen. Sie wartete darauf, dass ich etwas sagte. Aber ich drehte mich um und ging vor die Haustür zu Martin.

3

»Schnelldurchlauf«, sagte Martin Heuer, weil er über nichts anderes sprechen wollte.

Wir standen am Fuß der Steintreppe, die zur Haustür führte, ähnlich wie bei den beiden Häusern rechts und links, die mit dem kleinen Vorgarten und der Treppe an einen englischen Baustil erinnerten. Die meisten übrigen Häuser in der von Laub- und Nadelbäumen gesäumten Josephinenstraße wirkten klobig und gedrungen und wenn auch nicht protzig, so doch deutlich erkennbar als Eigentum nicht unvermögender Besitzer, deren gestalterische Individualität wie häufig bei privaten Hausplanern vor allem in der Baumasse und weniger in der Bauform zum Ausdruck kam. Vermutlich fanden sie betonumschlossene Balkone kuschelig und weiß lackierte schmiedeeiserne Gitter vor den Fenstern heimelig. Dennoch war es gewiss angenehm, hier zu wohnen, abseits des Stadtlärms, oberhalb des Flusses, nahe des grünen Münchner Südgürtels.

Jetzt, kurz nach Mitternacht, herrschte Stille auf den Grundstücken und der nach Norden hin abfallenden Straße, Autos parkten entlang der Bürg ersteige und glänzten im milden Licht der Straßenlampen. Kein Mensch war unterwegs, hinter den meisten Fenstern war es dunkel. In wenigen Stunden würden Kombis und andere größere Fahrzeuge die Straße blockieren, Kamerateams und Reporter die Nachbarn herausklingeln und meine Kollegen und vielleicht ich selbst von

Haus zu Haus ziehen und jeden noch so unbedeutend erscheinenden Hinweis notieren. Wie immer in solchen Fällen würde sich die engste Umgebung des verschwundenen Mädchens in eine Art öffentliche Kantine verwandeln, in der jeder Journalist, jeder Schaulustige, jeder, der nichts Besseres zu tun hatte, glaubte, verkehren zu dürfen und es sich bequem machen zu können, und in der das allgemeine Gelaber wie eine Volksverköstigung von Mund zu Mund ging, reihum, immer wieder von vorn. Und alles, was wir bisher auftischen konnten, waren Ratlosigkeit, Misstrauen, Zweifel und ein Übermaß an Fragen.

»Glaubst du ihr?«, fragte Martin.

»Nein.«

»Warum nicht?«

»Sie lügt.«

»Hat sie mit dem Verschwinden ihrer Tochter was zu tun?«

»Natürlich.«

»Sie hat sie geschlagen.«

»Das wissen wir nicht.«

Martin steckte sich eine neue Zigarette an und schnippte die Kippe über den Zaun auf die Straße.

»Ist dem Mädchen was zugestoßen?«, fragte Martin.

»Wir wissen es nicht.«

»Warum sagt der Junge nichts?«

»Weil er etwas weiß.«

»Genau«, sagte Martin, rauchte, blickte zum Haus gegenüber, wo in einem der Zimmer ein blaues Fernsehlicht flackerte.

Dann schwiegen wir.
Ich ging zu unserem Dienstwagen, den wir an der Ecke zur Großhesseloher Straße geparkt hatten.
»Ich bin es«, sagte ich ins Autotelefon. Die Beifahrertür hatte ich offen gelassen.
»Kein Erfolg«, sagte Paul Weber am anderen Ende. Gemeinsam mit Sonja Feyerabend, Volker Thon und Oberkommissarin Freya Epp rief er jene Personen an, deren Namen mir Medy Kolb durchgegeben hatte, als Martin und ich auf dem Weg zu ihr waren. »Der Ehemann ist nicht zu erreichen. Aber ich hab mit einem Freund von ihm geredet ...« Ich hörte das Rascheln von Papier und Stimmen. »Belut heißt der Mann, Hartmut, reines Glück, dass wir den erwischt haben, der Stammtisch hat heut nämlich nicht stattgefunden, Belut war nur so in der Kneipe. Er behauptet, Torsten Kolb und seine Tochter, das sei ein schwieriges Verhältnis, ich hab ihn gefragt, ob er das erklären kann, er meinte, sie würden sich einfach nicht verstehen, dauernd streiten ...«
Ich sagte: »Hast du ihn auf Missbrauch angesprochen?«
»Nein, ich hab ihn herbestellt, morgen früh um sieben, ich hab mir gedacht, du machst eh die Nacht durch.«
Paul Weber war neunundfünfzig und der älteste meiner Kollegen, er war kein so enger Freund wie Martin, aber einer, mit dem ich schon viele Schweigen geteilt und der vor mir seine Trauer nicht versteckt hatte, als seine Frau, mit der er siebenundzwanzig Jahre verheiratet war, an Krebs starb. Nach meinem Wechsel in die Vermisstenstelle war er es gewesen, der mich eingearbeitet und mich

gelehrt hatte, bei Vernehmungen und Befragungen nie die Geduld zu verlieren. Und bis zu diesem April hatte ich seine Ratschläge gut befolgt.

»Gib mir bitte seine Nummer«, sagte ich.

Ich schrieb sie auf meinen kleinen karierten Spiralblock, den ich immer in der Hemdtasche trug.

»Sonja will dich sprechen«, sagte Weber.

Sofort erhellte ihre Stimme meinen Gedankentunnel.

»Keine Hinweise, bei niemandem«, sagte Sonja Feyerabend, mit der ich seit einiger Zeit in Hautnähe lebte, wenn auch in getrennten Wohnungen. »Ich hab mit den Großeltern gesprochen, mit Ilona Karge, die ich für morgen einbestellt hab, mit einer anderen Mutter, deren Tochter im selben Kindergarten wie Nastassja war, mit einer Ärztin, Dr. Scott, die auch morgen ins Dezernat kommt, mit drei weiteren Müttern, deren Kinder mit Nastassja befreundet oder zumindest bekannt sind, die sagen alle, sie haben keine Erklärung.«

»Und ihre Vermutungen?«

»Moment.« Ich hörte sie trinken und das Klacken eines Löffels in der Tasse. »Der Darjeeling hält mich wach, besser als Kaffee. Wenn Erika noch einmal diese Billigplörre kauft, kriegt sie Ärger mit mir, das Leben ist zu anstrengend für dünnen Kaffee.«

So einen Spruch hatte ich von ihr noch nie gehört, sie neigte nicht zu Sprüchen. Wahrscheinlich war sie stark übermüdet, was nicht nur an der Vermissung der kleinen Nastassja gelegen haben dürfte. Die vergangene Nacht war wie so viele Nächte davor voll verlangender Hände und unerhörter Münder gewesen, und unsere Augen hatten jede halbe Stunde ein traumfernes Schaukonzert angestimmt.

»Eine der Mütter sagte, Nastassja habe sich nicht besonders mit ihrem Vater verstanden.«

Ich sagte: »Das habe ich auch gehört. Hast du Andeutungen auf Missbrauch herausgehört?«

»Nein.«

»Bist du sicher?«

»Nein.«

»Was ist für morgen geplant?«

»Thon hat eine BAO eingerichtet, die im Wesentlichen aus fünf Kollegen besteht, also aus uns, die wir Dienst haben. Verdacht auf Entführung. Die Hundeführer sind informiert, den Hubschrauber haben wir angefordert, er startet um sechs, Volker will die Leute in der Nacht nicht aufschrecken. Wenn das Mädchen nicht auftaucht, stellt er morgen Vormittag eine Sonderkommission zusammen, wir fangen mit zwanzig Kollegen an, dann schauen wir, ob wir die Arbeit schaffen. Was ist deine Vermutung?«

Ich sagte: »Ich rede mir ein, dass das Mädchen nur weggelaufen ist und sich irgendwo versteckt hält. Aber das Verhalten der Mutter und des Jungen ist merkwürdig, sie trinkt, er murrt vor sich hin.«

»Bleibst du über Nacht dort?«

»Vielleicht.«

»Wie gehts Martin?«

»Nicht gut.«

»Sprich mit ihm«, sagte sie.
»Das will er nicht.«
»Was ist los mit ihm?«
Jemand schlug mit der flachen Hand aufs Autodach. Ich hatte ihn nicht näher kommen sehen.
»Die Geliebte?«, fragte Martin.
»Ja.«
»Lass uns wieder reingehen.«
»Bis später«, sagte ich zu Sonja. »Ich will noch jemanden anrufen«, sagte ich zu Martin und tippte eine neue Nummer. »Einen Freund des Vaters.«
»Dann geh ich rein.«
Er entfernte sich, geduckt, ein dürrer Schatten in der Dunkelheit.
»Tabor Süden, Kriminalpolizei«, sagte ich in den Hörer.
Eine verschlafene Stimme gab ein Krächzen von sich.
»Sind Sie Hartmut Belut?«
»Was ist? Wer sind Sie?«, sagte die erledigte Stimme.
»Tabor Süden, Kriminalpolizei.«
»Polizei? Okay.« Nach einer Pause hustete der Mann, röchelte, trank offenbar einen Schluck. »Ich bin erst morgen früh bestellt. Was ist denn?«
»Entschuldigen Sie, dass ich Sie aufgeweckt habe. Sie haben meinem Kollegen gesagt, Torsten Kolb und seine Tochter würden sich oft streiten. Worum geht es bei diesen Streitereien?«
Eine Zeit lang hörte ich nur einen rasselnden Atem.
»Die verstehen sich nicht«, sagte Belut und hustete wieder.
»Ja«, sagte ich. »Warum verstehen sie sich nicht?«

»Keine Ahnung. Weil der Torsten ... Passen Sie auf, ich sag morgen früh aus, ich versprechs, ich bin pünktlich da. Ich will jetzt nichts Falsches sagen, ich hab ein Bier getrunken ...«

»Sie waren im ›Bürgerbräu‹«, sagte ich. »Warum ist der Stammtisch heute ausgefallen?«

»Der Peter ist krank, und der Torsten hat abgesagt.«

»Warum hat er abgesagt?«

»Warum? Weil er hat was vorgehabt.«

»Was hat er vorgehabt?«

»Was?« Belut trank wieder und keuchte. »Ich glaub, er wollt was mit seiner Tochter unternehmen, ja, er wollt mit der irgendwas machen.«

»Was wollte er mit ihr unternehmen?«

»Weiß ich doch nicht. Hab ich vergessen.«

»Hat er öfter mit seiner Tochter was unternommen?«, sagte ich.

»Nein. Weiß ich nicht. Nein. Und wenn, dann haben sie sich eh bloß gestritten.«

»Wann wollte er sich mit ihr treffen?«

»Ich bin doch nicht dem Torsten seine Sekretärin.«

Ich sagte: »Wir sehen uns um sieben im Dezernat, Herr Belut.«

»Halb acht wär mir lieber.«

»Einverstanden.«

»Echt?«

»Halb acht in der Bayerstraße.«

»Was ist mit dem Mädchen? Ist die entführt worden oder was?«

»Wir wissen noch gar nichts«, sagte ich. »Deswegen habe ich Sie aufgeweckt.«

»Und? Wissen Sie jetzt mehr?«

»Ja.«

»Dann hat sichs ja gelohnt.«

In der Wohnung fragte ich Medy Kolb: »Wussten Sie, dass sich Ihr Mann heute mit Nastassja treffen wollte?«

»Nein«, sagte sie. »Wann denn?«

Während unserer Abwesenheit hatte sie mindestens drei Gläser Wein getrunken. Danach schaffte sie es nicht mehr, zusammenhängende Sätze zu formulieren. Ich forderte sie auf, ins Bett zu gehen und ein paar Stunden zu schlafen, während Martin und ich uns auf die Couch und den Boden legen würden. Aber sie zögerte.

»Gehen ... nicht nach Hause?«, fragte sie.

»Nein.«

»Nicht verheiratet?«

»Nein. Frau Kolb, möchten Sie uns noch etwas sagen?«

Sie hatte angefangen, Haare um ihren Zeigefinger zu wickeln, und sie drehte den Finger wie ein nervöses Kind.

»Entführt worden«, sagte sie.

Weil wir nichts erwiderten – weder Martin, der mit ihr am Tisch saß, noch ich, der ich in der Nähe des Fensters stand –, zog sie die Stirn in Falten und verengte die Augen, genau wie ihr Sohn.

»Entführt worden«, wiederholte sie. »Das glauben Sie ... Wo denn ... sonst? Jemand hat sie gekidnappt.«

Bis zu diesem Moment hatte sie das Wort »Entführung« nicht einmal in einer Andeutung erwähnt. Was vielleicht nichts bedeutete. Vielleicht bedeutete es aber mehr, als wir befürchtet hatten.
»Von wem entführt?«, sagte Martin.
Sie zog den Finger aus ihrem Haar, ballte eine Faust und begann erneut mit dem Wickeln. Ich hatte den Eindruck, sie bemerkte es nicht einmal.
Aus Fabians Zimmer war keine Musik mehr zu hören. In der Wohnung war es still.
Wo hielt sich Torsten Kolb auf? Hatte er seine Tochter getroffen? War sie jetzt bei ihm? Wo?
»Schläft Ihr Sohn schon?«, sagte ich.
»Das hoff ich«, sagte Medy Kolb.
»Haben Sie etwas dagegen, wenn ich nachsehe?«
Sie schüttelte den Kopf und zog mit einem heftigen Ruck den Finger aus den Haaren, als habe sie plötzlich ihre Spielerei bemerkt und schäme sich dafür.
Auf mein leises Klopfen folgte keine Reaktion. »Hörst du mich, Fabian?«, sagte ich, den Mund nah an der Tür.
Ich drückte die Klinke. Im Zimmer brannte Licht. Die Bettdecke war zurückgeschlagen. Überall, auf dem Boden, auf dem Sofa, auf dem Bett, lagen Hosen, T-Shirts, Socken, Bücher. Der Schreibtisch aus hellem Holz war übersät mit Schulheften, Comics, Stiften und Malblocks. Die Türen des Kleiderschranks, der aus dem gleichen Holz wie der Schreibtisch war, standen offen.
Ich ging ins Zimmer und achtete darauf, auf kein Kleidungsstück zu treten. Das Fenster war angelehnt, ich

öffnete es und sah hinaus. Das Zimmer lag zum Garten hin, das Fenster befand sich etwa einen Meter über der Erde.

Schon als ich den Kopf durch die halb geöffnete Tür gestreckt hatte, wusste ich, was geschehen war.

»Fabian ist weggelaufen«, sagte ich zu Medy Kolb.

Sie drückte wieder die Fäuste gegen die Wangen.

»Haben Sie mich verstanden, Frau Kolb?«, sagte ich. »Ihre beiden Kinder sind jetzt verschwunden.«

»Er kommt doch wieder«, sagte sie, kaum hörbar.

»Ist er schon öfter weggelaufen?«, sagte ich.

»Oft schon«, sagte sie. »Schon so oft. Und immer wiedergekommen.«

»Sie wussten, dass er weg ist«, sagte ich. »Sie haben ihn gehört, als mein Kollege und ich draußen waren.«

»Nein«, sagte sie. »Nein. Nein.«

Es war eine armselige Lüge.

Im letzten Moment gelang es mir, meine Stimme zu bändigen, und anstatt zu schreien ging ich, ohne auf Medy Kolbs irritierten Blick zu reagieren, an ihr vorbei in Fabians Zimmer und schwieg am offenen Fenster in die Nacht.

4

Vernehmungsbeginn: sieben Uhr fünfzig.

Der Zeuge Belut, Hartmut, hat sich bereit erklärt, zur Vermisstensache Kolb, Nastassja, auszusagen. Mit der Familie Kolb ist er weder verwandt noch verschwägert. Der Zeuge wurde ausdrücklich darüber belehrt, dass gegen ihn kein Verdacht in Zusammenhang mit dem Verschwinden des Mädchens besteht. Eine Belehrung auf das Zeugnisverweigerungsrecht entfällt. Der Zeuge ist vierunddreißig Jahre alt, von Beruf Verkaufsleiter in einem Autohaus, ledig und Vater einer achtjährigen Tochter, die bei ihrer Mutter in Nürnberg lebt.

Die Vernehmung wird geführt von Hauptkommissar Tabor Süden. Eine Schreibkraft (Haberl, Erika) protokolliert das Gespräch in der Vermisstenstelle, Dezernat 11.

»Hab verpennt, tut mir leid.«

»Das ist ärgerlich.«

»Tut mir leid, echt.«

Anmerkung: Dem Zeugen wird ein Foto der sechsjährigen Nastassja Kolb vorgelegt.

»Das ist sie, klar. Kann ich noch einen Schluck Wasser haben?«

»Bitte.«

»Danke. Wahnsinn, das verdunstet beim Schlucken. Was ist denn mit ihr? Okay, Torsten wollt sie abholen, das hab ich kapiert ...«

»Wann wollte er sie abholen?«

»Zum Schwimmen, glaub ich. Wann? Nach der Arbeit.

Am Freitag ist der bis fünf im Autohaus, danach geht er manchmal zum Squashen. Und dann ist Stammtisch.«

»Den Stammtisch hat er aber gestern abgesagt.«

»Letzte Woche schon«, sagte Belut. »Das passiert schon mal. Das ist ein Stammtisch, kein Zwangstisch. Schreiben Sie so was auch mit? Da muss man echt aufpassen, was man sagt. Oder? Schreiben Sie das alles mit?«

»Sie können das Protokoll hinterher lesen und Sie müssen es unterschreiben.«

»Mach ich, klar. Wie war die Frage?«

»Torsten Kolb hat bereits in der letzten Woche den Stammtisch für den gestrigen Freitag abgesagt.«

»Also ... ja, genau. Letzte Woche ... Genau. Und?«

»Gestern haben Sie aber trotzdem nochmal mit ihm telefoniert.«

»Freilich. Warum nicht? Ich versteh jetzt nicht ... Moment mal. Die Nastassja ist verschwunden ... Okay. Und der Torsten ...«

»Bitte bleiben Sie bei meinen Fragen, Herr Belut! Sie haben gestern mit ihm telefoniert.«

»Nach Frage klingt das aber nicht, echt. Das ist doch eine Feststellung.«

»Ist sie falsch?«

»Nein«, sagte Belut. »Ist nur ... Also, man muss echt aufpassen bei Ihnen ...«

»Haben Sie mit ihm gestern telefoniert?«

»Nicht so laut, Mann! Was ist los? Schlechte Nacht gehabt? Entschuldigung. Können Sie das streichen, Frau ... Ich wollt Sie nicht anmachen, Herr Kommissar. Ich bin ja freiwillig hier. Entschuldigung, wenn ich das sagen darf …«

»Sie sollen auf meine Fragen antworten.«

»Langsam. Was ist denn? Schauen Sie mich nicht so an! Das beunruhigt mich …«

»Warum?«

»Was?«

»Sie haben gestern mit Torsten Kolb telefoniert, und er hat Ihnen gesagt, er will seine Tochter treffen und sie ins Schwimmbad mitnehmen.«

»Nein, also … Ich brauch jetzt erst mal noch ein Wasser. Danke. Also … Ja, ich hab mit ihm telefoniert …«

»Wann?«

»Wenn Sie mich dauernd unterbrechen, kann ich mich nicht konzentrieren. Müssen Sie eigentlich da … Das geht mich nichts an, ist okay, aber … Müssen Sie dastehen? Mir wärs lieber, Sie würden sich setzen, also …«

»Ich stehe lieber.«

»Okay, ist ja Ihr Büro. Oder was das ist. Ziemlich karg hier. Ich muss zugeben, das macht schon irgendwie nervös, wie Sie so dastehen, so mit den verschränkten Armen und den … Entschuldigung. Nein, also … Wir haben telefoniert und er hat gesagt, er trifft seine Tochter. Da hab ich gedacht, er geht mit ihr ins Schwimmbad. Weil er das öfter macht.«

»Er hat nicht gesagt, dass er mit Nastassja ins Schwimmbad gehen will.«

»Hat er nicht.«

»Sind Sie sicher?«

»Glaub schon.«
Anmerkung: Der Zeuge betrachtet längere Zeit stumm das Foto des Mädchens.
»Kennen Sie sie näher?«
»Nein«, sagte Belut. »Ich kenn sie eigentlich gar nicht. Es ist so ... Also, ich will niemand was anhängen, Torsten ist ein Freund von mir, wir arbeiten in derselben Branche, wir kennen uns seit sechs oder sieben Jahren, er ist voll in Ordnung. Ja?«
»Ja.«
»Genau. Jedes Mal, wenn ich Sie anschau, hab ich das Gefühl, Sie denken, ich lüg, das ist echt schwierig mit Ihnen, ich mein das nicht persönlich. Ich hab auch nicht gedacht, dass Sie so ... also, dass ein Kripomann so ausschaut. Dass Sie mich nicht falsch verstehen, ich find, dass Sie ... Mit diesen Lederhosen und den langen Haaren und dem Amulett, das ist ... Okay. Entschuldigung, das ist wegen ... Der Edi hat gestern wieder seinen Wodkacocktail ausgeschenkt ... Okay. Wie war die Frage?«
»Sie kennen Nastassja nicht näher und Sie wollen niemandem etwas anhängen.«
»Genau. Also ... Haben Sie's gemerkt? Wieder keine Frage! Sie stellen gar keine Fragen, immer nur Feststellungen, was Sie da machen. Ich habs gemerkt. Ich hab Sie durchschaut. Also ... der Torsten, der lebt praktisch getrennt von seiner Frau, sie sind nicht geschieden, und offiziell wohnt er auch noch bei ihr, in Solln, auf der König-Ludwig-Höhe ...«

»Prinz-Ludwigs-Höhe.«
»Prinz Ludwig?«, sagte Belut. »Gabs auch einen Prinz Ludwig? Welcher war das? Das müssen Sie jetzt aber nicht mitschreiben, Frau ... Okay. Er hat ein Zimmer in Laim, kleines Zimmer, da wohnt er meistens in der ... in der Dingsstraße, in der Camembertstraße ...«
»Camerloher Straße.«
»Genau. Das ist ein Agreement, was die getroffen haben, der Torsten und die Medy. Sie haben die Kinder, sie wollen sich gemeinsam um sie kümmern, das ist eine gute Sache. Nicht so wie bei mir. Bei mir ist meine Freundin damals mit dem Kind weg, und das wars, sie hat gesagt, ich brings nicht. Acht ist die Clara jetzt schon, alle sechs Wochen fahr ich nach Nürnberg und besuch sie, das ist schlimm oft. Das ist, als ob da eine Entfernung wär, obwohl wir uns ganz nah sind, ich nehm sie in den Arm, und da ist ein Abstand, ich spür das, und sie spürt das auch. Das ist schlimm.«
Anmerkung: Der Zeuge betrachtet wieder stumm das Foto von Nastassja.
»Haben Sie die Kolbs zu Hause in der Josephinenstraße besucht?«
»Manchmal. Früher, da war die Nasti noch klein, zwei oder so. Und der Fabian war auch noch okay, ein braver Kerl. Heut ist der ein wandelndes Minenfeld. Meiner Meinung nach. Was Torsten manchmal erzählt. Er ist wahrscheinlich in der Pubertät, und Medy muss sich um die Kleine kümmern, die kommt in diesem Jahr in die Schule, wenn alles gut geht.«

»Erklären Sie, was Sie mit einem wandelnden Minenfeld meinen.«

»Er explodiert halt schnell, wenn man eine falsche Bemerkung macht. Einmal ist er ... Ich weiß nicht, ob das jetzt hierher gehört, wie gesagt ... Ich will niemand was anhängen, schon gar nicht Torsten oder seiner Familie ... Okay. Einmal ist er in den Bräu gekommen, der Fabian, am Freitagabend, wollt Geld von seinem Vater, der ist den ganzen Weg von Solln mit der S-Bahn und dann zu Fuß, um seinen Vater anzupumpen. Natürlich hat sich Medy große Sorgen gemacht, Torsten hat sie angerufen und beruhigt. Und dann ist er wieder weg. Ist einfach weg. Bedankt hat er sich noch schnell, aber mehr nicht. Er ist dann denselben Weg wieder zurück. Ich nehm mir noch ein Wasser, okay? So ist der. Ist eine schwierige Situation. Sie haben ihn erst mit sieben in die Schule geschickt, er war noch nicht so weit, heut ist er immerhin auf dem Gymnasium. Meine Clara wird auch aufs Gymnasium gehen, das ist einfach besser, ich glaub schon, dass sie es packt. Glaub ich schon.«

»Wann haben Sie Fabian zum letzten Mal gesehen?«

»Keine Ahnung. Vor einem Jahr. Als er in den Bräu gekommen ist. Genau. Dann nicht mehr. Sicher. Nein. Okay. Was ist los? Ist er jetzt auch verschwunden?«

»Er war verschwunden, jetzt ist er zurück.«

»Und wo war er?«

»Das sagt er nicht. Versuchen Sie, sich zu erinnern, was genau Torsten Kolb gestern Mittag zu Ihnen gesagt hat.«

»Ich hab ihn angerufen«, sagte Belut. »Ich wollt wissen,

ob sie einen Thermoschalter vorrätig haben, wir hatten keine mehr. Torsten hat versprochen, einen rüberzuschicken. Okay. Dann hab ich ihn gefragt, ob sich was geändert hat, ob er eventuell doch am Abend Zeit hätte, und da hat er gesagt, er überlegt sich, dass er was mit Nastassja unternehmen könnte. Genau. Das hat er gesagt.«

»Er hat nicht gesagt, er will etwas mit ihr unternehmen, sondern, dass er es sich überlegen will.«

»Was? Genau. Er überlegt.«

»Das waren seine Worte? Er überlegt sich, etwas mit Nastassja zu unternehmen.«

»Genau.«

»Bisher haben Sie ausgesagt, er wollte sie treffen, er war mit ihr verabredet.«

»Weil ich das so verstanden hab. Sitz ich jetzt in der Falle, oder was? Ich hab gesagt, ich häng niemand hin, ich sag hier freiwillig aus, Samstagmorgen um acht, und ich versuch, Ihnen zu helfen. Ich lass mir ungern die Worte im Mund umdrehen, okay?«

»Sie haben sich die Worte selber im Mund umgedreht.«

»Was hab ich? Ich trink jetzt die Flasche aus, tut mir leid. Ich hab jetzt einen Durst. Sie machen mich echt fertig.«

»Was hat Torsten Kolb noch zu Ihnen gesagt?«

»Dass wir uns nächsten Freitag wieder treffen.«

»Was noch?«

»Sonst nichts. Und dass er den Thermoschalter rüberschickt.«

»Er hat ihn nicht persönlich vorbeigebracht.«
»Was? Persönlich? Von Forstenried nach Laim? Wegen einem Thermoschalter? Wozu haben wir da unsere Knechte? Da wird ein Bote geschickt. Wir haben was Besseres zu tun, Torsten und ich, als Thermoschalter durch die Gegend zu fahren.«
»Nach dem Telefongespräch gestern Mittag haben Sie nichts mehr von Torsten Kolb gehört.«
»Hab ich nicht. Und mehr weiß ich nicht. So wars.«
»Haben Sie eine Vorstellung, wo oder bei wem sich Nastassja aufhalten könnte?«
»Bei wem denn? Keine Ahnung. Bei wem soll die denn sein? Bei ihren Großeltern? Da könnt sie sein. Bei denen in Gräfelfing. Da sollten Sie mal nachfragen.«
»Die Großeltern wohnen in Planegg, und Nastassja ist nicht bei ihnen.«
»Schon abgecheckt, verstehe. Okay. Wann ist sie denn von zu Hause weg?«
»Gegen halb sechs.«
»Gegen halb sechs. Da ist es noch hell. Hat die niemand gesehen? Okay, Sie haben da eine Schweigepflicht. Geht mich auch nichts an. Und der Fabian? Wann ist der weg?«
»Nachts.«
»Nachts. Verstehe. Nachts. Okay. Und jetzt ist er wieder da.«
»Ja.«
»Ja. Okay. Und wo er war, sagt er nicht. Eventuell hat er seine Schwester gesucht.«
»Vielleicht.«

»Was ist jetzt? Kann ich gehen? Ist was? Sie schauen mich wieder an, als würd ich Ihnen irgendwelche Geschichten erzählen. Stimmt aber alles, was ich sag. So wars. Mehr war nicht. Ich weiß echt nicht, wo das Mädchen sein könnte. Hoffentlich ist sie nicht entführt worden. Von so einem Schwein. Scheiße. Das brauchen Sie jetzt nicht mitzuschreiben, Frau ... Ich würd so einen umlegen, echt. Wenn ich so einen erwischen würd, wenn so einer meine Tochter missbraucht hätt, der wär fällig, ich würd das selber erledigen, okay. Okay, Sie sind ein Polizist, Sie sehen das anders, aber ich nicht. Ich würd den fertig machen ...«

Anmerkung: Das Handy des Zeugen klingelt, er nimmt das Gespräch an.

»Kolb. Ah ...«

Anmerkung: Der Zeuge hört dem Anrufer zu, ohne zunächst selbst etwas zu sagen. Er sieht Hauptkommissar Süden dabei an.

»Wo bist du jetzt? Ah ... Du, wart mal ... Ich bin bei der Polizei, jetzt, ja. Nein, wegen dem Gespräch gestern ... Okay ...«

Anmerkung: HK Süden nimmt dem Zeugen das Handy aus der Hand.

»Hier ist Tabor Süden, Kriminalpolizei, Vermisstenstelle. Sind Sie Torsten Kolb?«

Anmerkung: Offensichtlich hat der Anrufer die Verbindung in dem Moment unterbrochen, als HK Süden mit ihm sprechen wollte. Dieser gibt dem Zeugen das Handy zurück.

»Wo hält Torsten Kolb sich auf?«
»In seiner Wohnung.«
»Bei seiner Frau?«
»In Laim, in seiner eigenen Wohnung. Okay, ich sag Ihnen, was er wollte, er wollte, dass wir uns treffen, er hat irgendwelche Probleme, welche, hat er mir nicht gesagt. Okay?«
Anmerkung: Vom Telefon im Vernehmungsraum aus verständigt Hauptkommissar Süden die Einsatzzentrale, damit diese eine Streife zum Appartement von Torsten Kolb in die Camerloher Straße zur Überwachung schickt.
»Sie fahren nach Hause und bleiben bitte dort.«
»Okay. Wiedersehen …«
»Sie müssen das Protokoll noch lesen und unterschreiben, nachdem es ausgedruckt ist.«
»Das passt schon so.«
»Sie lesen und unterschreiben es.«
»Ist ja gut, Chef.«
Vernehmungsende: neun Uhr fünf.

Am frühen Morgen hatte ich Sonja Feyerabend gebeten, Martin und mich bei Medy Kolb und ihrem Sohn, der sich nach seiner Rückkehr ins Bett gelegt und eisern geschwiegen hatte, abzulösen. Seitdem wartete ich darauf, dass Martin im Dezernat auftauchte. Er wollte sich zu Hause nur umziehen. Ich rief bei ihm an und sprach auf den Anrufbeantworter, doch er meldete sich nicht. Und weil Volker Thon bereits damit begonnen hatte, die Sonderkommission zu organisieren und sämtliche Kollegen, die er dafür auswählte, an der ersten Besprechung teilnehmen mussten, fuhr ich allein in die Camerloher Straße. Erika Haberl hatte ich gebeten, die Zeugen Ilona Karge und Dr. Mira Scott erst für Mittag ins Dezernat zu bestellen, und ihr erklärt, sie brauche Martin nicht Bescheid zu sagen, falls er irgendwann eintrudeln sollte.

5 Ich wollte allein sein. Mit einem Mal, nach der Nacht mit der verlogenen, betrunkenen, undurchschaubaren, weinenden Frau, hatte mich, als Martin Heuer und ich durch den kühlen Morgen zum Auto gingen, die Vorstellung heimgesucht, ich könne diesen Fall nur entflechten, indem ich so tat, als wäre die Wahrheit ausschließlich ein Teil meiner Identität und niemand anders könne sie erfassen und begreifen. Es war ein Moment maßloser Selbstüberschätzung gewesen, und ich kostete ihn auf dem Weg nach Laim noch immer aus. Natürlich hätte ich Martin mitgenommen, ich hätte ihn oder einen anderen Kollegen aus ermittlungstaktischen und möglicherweise juristischen Gründen mitnehmen müssen, aber da er sich entzog, empfand ich mich plötzlich als befreiten Ermittler, dessen Strategie unumstößlich war, für den die Erfahrungen und das technische Rüstzeug seines Berufes zu Rankenwerk wurden, als wäre ich ein Tiefseetaucher, der sein schweres Gerät nicht mehr wahrnimmt und bloß noch aus Schauen besteht.
Beim Betreten von Torsten Kolbs schlecht gelüftetem Appartement gehörten die Regeln des Sach- und Personenbeweises schon nicht mehr zu meinem System, die Antworten auf die klassischen W-Fragen – wer, was, wann, wo, wie lange – interessierten mich so wenig wie die üblichen Leer-, Anstoß-, Sondierungs- und Auswahlfragen, und ich bildete mir ein, eine der Grundvoraussetzungen für gerichtsverwertbare Vernehmungen

als verkehrt entlarven zu müssen: die innere Distanz. In diesem Zimmer mit dem breiten Messingbett in der Ecke, der Couch aus billigem Leder und dem vorhanglosen, schmutzigen Fenster wollte ich nicht zu einem Taucher werden, der aus Schauen besteht, ich wollte das Meer sein. Und niemand hinderte mich daran.

»Es ist wirklich ungünstig heut«, sagte Torsten Kolb. Er war zweiunddreißig Jahre alt, hatte extrem kurz geschnittene Haare, einen Schnurrbart und einen silbernen Knopf im Ohr. Er trug ein olivgrünes Sweatshirt über bunt gemusterten Boxershorts. Er war barfuß und roch nach Schweiß und Alkohol. Er fläzte sich auf die Couch, zündete sich eine Zigarette an und starrte zum Fenster. Die Wohnung lag im ersten Stock zur Straße hin.

»Sie meinen, es ist ungünstig, dass Ihre Tochter ausgerechnet heute, am Samstag, verschwunden ist«, sagte ich.

Er inhalierte und legte die Beine auf den viereckigen schwarzen Holztisch vor der Couch.

Weder in der schmalen Küche, die in den Raum integriert war, abgeteilt durch eine niedrige Schrankwand, noch im Zimmer lagen oder standen Dinge, die darauf hätten schließen lassen, dass jemand hier regelmäßig ein und aus ging oder sogar wohnte. Kein Geschirr, keine Zeitungen, keine Pflanzen, keine Möbel außer dem Bett, der Couch und dem quadratischen Tisch, nicht einmal ein Stuhl. Es gab nicht nur keine Vorhänge, auch keine ordentlichen Lampen; zwei Glühbirnen hingen an einem Haken an der Decke. Neben dem Bett entdeckte ich Kolbs

Klamotten, Hose, Pullover, Socken, außerdem ein zusammengeknülltes Handtuch und eine halb volle Packung Papiertaschentücher. Neben dem Eingang war eine Tür, dahinter befanden sich vermutlich das Bad und die Toilette. Die Tür war angelehnt, und ich bildete mir ein, einen muffigen Geruch wahrzunehmen.
Vom ersten Augenblick an widerten mich das Zimmer und der Mann an.
Ich schwieg.
Er sah mich müde an, rauchte, beugte sich vor, zog unter der Couch einen Teller hervor, der voller Asche und Kippen war, und drückte seine Zigarette aus. Dann verschränkte er die Arme vor der Brust, so wie ich, und versuchte, so wie ich zu schweigen. Aber er schaffte es nur eine halbe Minute.
»He!«, sagte er und wartete vergeblich auf eine Reaktion von mir. »Mein Sohn hat mich angerufen, er hat mir alles gesagt. Ich weiß nicht, wo die Kleine ist.«
Ich schwieg.
Er grinste, sprang auf, kam auf mich zu, den Blick fest auf mich gerichtet, als wolle er mich über den Haufen rennen. Einen knappen Meter vor mir bog er ab, stapfte zum Bett und tastete unter dem Laken herum, ohne es zur Seite zu schlagen. Wie einen großen Fund hielt er sein schwarzes Handy in die Höhe.
Weniger als einen Meter von mir entfernt blieb er stehen.
»Für die Kleine ist die Mutter zuständig«, sagte er. »Ich nicht. Die Mutter hat die Verantwortung. Ich nicht.«

Ich roch seine Fahne, die Ausdünstungen seines fleckigen Sweatshirts. Je länger er mir in die Augen sah, desto mehr hielt ich es für möglich, dass seine Blicke anfingen zu stinken.
»Capice?«, sagte er und wandte sich um.
»Sie waren gestern mit Ihrer Tochter verabredet«, sagte ich.
Er zündete sich eine neue Zigarette an, inhalierte tief, nickte und ließ sich wieder auf die Couch fallen.
»Wer sagt das?«
»Ihr Freund Hartmut Belut.«
»Arschgeige.«
»Sie haben es ihm am Telefon gesagt.«
»Blödsinn.« Angewidert verzog er das Gesicht, betrachtete die Zigarette und rauchte weiter. »Ich hab sie nicht getroffen. Wenn sie weg ist, sollten Sie ihre Mutter fragen, die weiß, wo sie ist. Sie ist die Mutter.«
Ich sagte: »Sie leben von Ihrer Frau getrennt.«
»Si.«
»Aber Sie sind nicht geschieden.«
»Si.«
»Gelegentlich wohnen Sie auch bei ihr.«
»Ich fahr manchmal hin«, sagte er. Nach einem letzten tiefen Zug drückte er die Glut der Zigarette im Teller aus, und zwei Kippen und Asche fielen auf den Tisch. »Sie will das so. War ihre Entscheidung. Ich wollt das Kind nicht. Ich sag, eins ist genug, sie will zwei. Hat sie jetzt. Manchmal fahr ich hin, stimmt.« Er wischte sich über den Mund. »Wir sind verheiratet, gut beobachtet. Das

heißt ...« Er schlug einmal mit der flachen Hand auf seine senkrechte Faust.

»Das heißt, Sie fahren hin, um mit Ihrer Frau zu schlafen«, sagte ich.

»Nein«, sagte er. »Ich fahr hin, um sie zu ficken.«

Ich sagte: »Bestimmt freut sich Ihr Sohn, wenn Sie kommen.«

Kolb starrte mich an. Er hatte helle, frostige Augen.

»Was wollen Sie?«, sagte er. »Ich hab einen Anwalt. Was soll das?«

»Rufen Sie ihn an.«

»Hä?«

»Rufen Sie Ihren Anwalt an, das ist besser für Sie.«

»Ich brauch keinen Anwalt«, schrie er. »Und jetzt hau ab.« Er kaute auf der Unterlippe, schnellte hoch, blieb stehen, sah mich an und kam wieder, wie vorhin, auf mich zu. Im letzten Moment traute er sich dann doch nicht, mich anzurempeln.

»Ich muss Sie mitnehmen«, sagte ich.

»Das können Sie ja mal probieren.« Breitbeinig, die Hände in die Hüften gestemmt, wartete er ab.

»Ich belehre Sie darüber, dass Sie nicht das Recht haben, die Aussage zu verweigern, ich vernehme Sie als Zeugen, Sie haben die Pflicht auszusagen.«

In seiner Ratlosigkeit wirkte er, trotz seines Auftritts als Zimmerheld, beinahe debil.

Ich sagte: »Außerdem weise ich Sie darauf hin, dass wir im Moment ein Vorgespräch führen. Es ist Teil der offiziellen Zeugenvernehmung, die wir im Dezernat fortsetzen. Überlegen Sie also gut, was Sie mir sagen. Das Beste ist, Sie rufen jetzt Ihren Anwalt an, er soll herkommen, und Sie fahren dann gemeinsam ins Dezernat.«

Seine Lippen zuckten, er streckte den Bauch vor und kratzte sich unter dem Sweatshirt. »Verstanden. So. Erst mal dusch ich. Dann geh ich einen Kaffee trinken, dann werd ich mir überlegen, was ich mach. In dieser Reihenfolge. Und dazu brauch ich definitiv keinen Anwalt.«

»Beantworten Sie mir eine Frage«, sagte ich, »sie ist sehr wichtig für unsere Fahndung nach Ihrer Tochter.«

Er ließ sich Zeit. Dann nickte er und deutete mit dem Kopf auf mich.

»Haben Sie Ihre Tochter gestern Abend getroffen?«, sagte ich.

»Nein«, sagte er.

Er schaute mir sekundenlang ins Gesicht, dann drehte er sich um und öffnete die Tür zum Badezimmer. Den muffigen Geruch schien ein Berg schmutziger Wäsche auszuströmen.

»Ich muss telefonieren.«

»Bei mir nicht«, sagte Kolb. Er schloss die Tür, bevor er sie noch einmal einen Spaltbreit aufzog. »Ich hab kein Telefon und mein Handy geb ich Ihnen nicht.«

»Duschen Sie sich. Und ziehen Sie sich an. Wenn es klingelt, öffnen Sie bitte und folgen meinen Kollegen. Wenn Sie nicht öffnen, sind meine Kollegen berechtigt, das Schloss zu knacken. Gefahr im Verzug. Natürlich wären Sie von diesem Moment an kein Zeuge mehr, sondern

ein Tatverdächtiger.« Ich hatte die Wohnungstür bereits geöffnet. »Vergessen Sie nicht, Ihren Anwalt anzurufen.« Vom Auto aus verständigte ich die Einsatzzentrale. Dann wartete ich auf die Kollegen von der Streife.
An Martin dachte ich nicht. Ich dachte an niemanden außer an das verschwundene Mädchen und dessen Eltern, deren Verhalten mir ein Gesicht aufzwang, das ich im Spiegel nicht sehen konnte und das ich deshalb nicht wahrnahm.

Seit etwa zwölf Uhr saß Torsten Kolb im ersten Stock des Dezernats, wohin ihn meine Kollegen gebracht hatten. Er hatte keinen Widerstand geleistet. Auf die Frage, weshalb sein Anwalt ihn nicht begleite, antwortete er, dieser sei verreist, außerdem komme er auch allein zurecht. Er verlangte, mit seiner Frau zu sprechen, und zwar persönlich. Mein Kollege Paul Weber, in dessen Dienstzimmer er saß, erlaubte ihm jedoch nur ein Telefongespräch mit ihr.
Ich hatte es nicht eilig, ihn zu vernehmen. Vielleicht ergaben sich erste Hinweise bei den Ermittlungen der Soko, die ich dabei gebrauchen konnte. Der Hauptgrund, warum ich mich nicht sofort mit ihm beschäftigte, aber war, dass ich darauf hoffte, er würde ausrasten und mir so eine Handhabe bieten, ihn achtundvierzig Stunden festzuhalten. Es war keine bewusste Hoffnung, und ich weigerte mich, darüber nachzudenken, da war nur dieses Grollen in mir, wie das Nahen einer Lawine.

Beginn der Vernehmung: zwölf Uhr fünfzig.
Anwesend: die Zeugin Ilona Karge (einunddreißig Jahre alt, verheiratet mit Ewald Karge, wohnhaft Josephinenstraße 8, München), Hauptkommissar Tabor Süden, Schreibkraft Erika Haberl. Die Zeugin hat ihre Tochter Angela mitgebracht.
»Kommt es vor, dass Nastassjas Vater seine Tochter bei Ihnen abholt, Frau Karge?«
»Ich kann mich nicht erinnern. Wenn, dann schon lang nicht mehr. Nein. Hast du Nastassjas Vater in letzter Zeit gesehen, Schatz?«
Anmerkung: Die sechsjährige Angela sitzt neben ihrer Mutter am Tisch und malt mit Buntstiften in einen Block. Als sie nach Torsten Kolb gefragt wird, schüttelt sie nur den Kopf.
»Nein, der hält sich fern von seiner Familie.«
»Warum?«
»Sie sind getrennt, Medy und er. Mit ihren Eltern hat er sich sowieso nie verstanden. Die mögen ihn nicht. Der ist denen zu ungebildet. Obwohl er ja Filialleiter ist, oder wie das heißt in seiner Branche.«
»Die Eltern von Medy Kolb sind Lehrer.«
»Ja. Nur ein Lehrer kann auf so einen Namen wie Matrimonia kommen. Dass so ein Name überhaupt erlaubt ist!«
»Kennen Sie die Eltern?«
»Ich hab sie mal gesehen, als sie Medy besucht haben. Ist auch schon wieder ein paar Jahre her. Da war die Nastassja noch ganz klein.«
»Die ist immer noch ganz klein.«

»Nicht alle Kinder wachsen so schnell wie du, mein Schatz.«

»Ich schon.«

»Beschreiben Sie bitte das Verhältnis zwischen Nastassja und ihren Eltern.«

»Sie treiben mich in die Enge. Ich kenn die Medy schon recht lang, ich mag sie auch, und die Angela darf auch manchmal bei ihr sein, Medy passt dann auf die beiden Kinder auf, wenn ich beim Sport bin oder mich mal mit einer Freundin in der Stadt treffe. Die Medy ist wirklich nett. Aber sie ist halt mit den beiden Kindern praktisch allein. Sie ist den ganzen Tag Mutter, sie hat keine Zeit mehr für Sport, sie geht nicht mehr ins Kino, sie hängt fest ...«

»Sie ist ganz dick geworden.«

»So was sagt man nicht, sie hat ein wenig zugenommen, das passiert schon mal, das ist nicht schlimm.«

»Und sie sperrt die Nastassja ein.«

Anmerkung: HK Süden weist die Zeugin Karge darauf hin, dass sie das Recht habe, sich mit ihrer Tochter abzusprechen und diese gegebenenfalls zu bitten, nichts zu sagen. Angelas Aussagen werden protokolliert, Fragen der Glaubwürdigkeit werden möglicherweise in einer gesondert angesetzten Vernehmung des Kindes geklärt. Die Mutter hat das Recht, zu jeder Bemerkung ihres Kindes Stellung zu nehmen.

»Wo sperrt sie Nastassja ein?«

Anmerkung: Das Mädchen presst die Lippen zusammen und malt weiter Häuser, Berge und krakelige Gestalten.

»Angela meint, dass Medy die Kleine manchmal nicht raus zum Spielen lässt. Stimmts?«
Anmerkung: Angela nickt.
»Warum darf sie nicht spielen?«
»Ich vermute, weil Medy einfach Angst um sie hat. Weil sie so viel mit dem Jungen zu tun hat, wie ich schon gesagt hab, sie ist überfordert.«
»Das haben Sie noch nicht gesagt.«
»Aber gemeint hab ichs. Fabian ist ein verschlossener Typ, hat wenig Freunde, hängt viel zu Hause rum, mehr als seine Altersgenossen. Ich glaub, manchmal wär die Medy gern mal allein, ganz allein. Um mal durchzuatmen, um mal keine Stimmen zu hören, kein Geschrei, keine Fragerei, keine Musik. Nur allein. Ganz still. Sie lernen das schätzen, wenn Sie Kinder haben. Haben Sie Kinder?«
»Nein. Ist es richtig, dass Torsten Kolb kein zweites Kind wollte, im Gegensatz zu seiner Frau?«
Anmerkung: Die Zeugin lässt sich viel Zeit mit der Antwort. Sie sieht ihrer Tochter beim Malen zu, sie scheint abzuwägen, was sie sagen soll.
»Ich glaub, das ist richtig.«
»War die Geburt der Tochter der Grund für die Trennung?«
»Das war ... Jetzt hätt ich beinah was gesagt.«
»Sagen Sie es.«
»Nein.«
»Nastassjas Geburt war eine Art Dolchstoß für die Ehe.«
»Sie haben mich durchschaut, Herr Kommissar. Ich hätt

gesagt, Todesstoß, aber Dolchstoß klingt weniger schlimm.«

»Dann ist Torsten Kolb ausgezogen.«

»Ja. Ich glaub, er hatte schon vorher andere Sachen laufen, das war schon vorher nichts Richtiges mehr zwischen den beiden. Wahrscheinlich hat sich Fabian deshalb so zurückgezogen. Mir ist das manchmal so vorgekommen, schon bevor Nastassja geboren wurde, dass da drei Menschen zusammenleben, die zwar eine Familie, aber trotzdem Fremde sind. Als wären sie nur zufällig verwandt, aus Versehen. Ist das gemein, so was zu sagen?«

»Schon gemein, Mama.«

»Ja, mein Schatz. Und dann, dann kam Nastassja auf die Welt, und dann waren es vier.«

»Vier Fremde.«

»Vier Fremde.«

»Wir sind aber keine Fremden, Mama.«

»Nein, wir nicht.«

»Aber der Fabian passt schon auf die Nastassja auf. Das weiß ich.«

Anmerkung: HK Süden, der bisher gestanden hat, setzt sich an den Tisch, gegenüber der Zeugin und des kleinen Mädchens.

»Wie macht er das, wenn er aufpasst?«

Anmerkung: Das kleine Mädchen traut sich nicht zu antworten.

»Er holt sie bei uns ab. Und er geht mit ihr spazieren. Stimmts?«

Anmerkung: Das Mädchen nickt.
»Und er spielt ihr Musik vor.«
»Woher weißt du das, Angela?«
»Sie hats mir erzählt. Und sie hat mir auch gesagt, er tröstet sie, wenn ihr Vater wieder gemein zu ihr war, ganz gemein.«
»Warum ist ihr Vater gemein zu ihr?«
»Weiß ich nicht. Er hat sie geschlagen.«
»Hat sie dir das erzählt?«
»Ja.«
»Warum hast du mir das nicht gesagt, Schatz?«
»Hab mich nicht getraut.«
Anmerkung: Die Zeugin umarmt ihre Tochter.
»Aber er geht mit ihr auch ins Schwimmbad.«
»Manchmal ist er ganz nett, das hat mir die Nasti erzählt, Mama.«
»Schlägt Medy Kolb ihre Kinder?«
»Das kann ich Ihnen nicht sagen.«
»Sie wollen es mir nicht sagen.«
»Das geht mich nichts an.«
»Es ist möglich, dass Nastassja deswegen weggelaufen ist.«
»Ich glaub nicht, dass Medy ihr was getan hat.«
»Warum, glauben Sie, ist das Mädchen weggelaufen?«
»Das haben Sie mich schon gefragt. Ich weiß es doch nicht. Vielleicht ist sie nicht weggelaufen, sondern entführt worden.«
»Ja. Was heißt das, Nastassjas Vater hat sie geschlagen? Wie hat er sie geschlagen?«

»Das weiß ich nicht. Schatz, hast du die Frage …«
»Er hat ihr wehgetan«
»Wie hat er ihr wehgetan, Schatz?«
»Er hat sie an den Haaren gezogen und geschüttelt. So.«
Anmerkung: Das Mädchen packt die Haare ihrer Mutter und zerrt daran herum.
»Das tut weh. Hör auf. Das tut weh.«
»Ja, das tut weh.«
»Warum hat er das getan?«
»Weil sie zu ihm sagt, dass sie ihn nicht mag, und dann tut er ihr weh. Weil er sich ärgert. Weil er dann böse ist und sauer und so.«
»Das hat Nastassja dir erzählt?«
»Ja.«
»Wann hat sie es dir erzählt?«
»Oft.«
»Wann zum letzten Mal?«
»Weiß ich nicht mehr. Ist noch nicht lang her. Ich hab Durst.«
»Sie wussten davon nichts, Frau Karge?«
»Nicht direkt.«
»Sagen Sie mir bitte die Wahrheit.«
Anmerkung: Die Zeugin zögert wieder.
»Ich hab schon mal versucht, mit ihr darüber zu sprechen. Sie hat das nicht hören wollen. Und es geht mich auch nichts an. Ich habs gern, wenn Nastassja bei uns ist, ich mag das Mädchen, und ich mag auch den Fabian. Ich lass mir auch nicht reinreden, wie ich mein Kind zu erziehen hab.«

»Würden Sie sagen, dass Nastassja ein trauriges Kind ist?«
»Bitte? Wieso traurig? Sie ist ein Kind. Sie ist mal so, mal so. Kinder wechseln schnell in ihren Stimmungen, Sie kennen das nicht, weil Sie keine Kinder haben. Sie ist ein ganz normales Kind, verglichen mit anderen, die ich im Kindergarten schon erlebt hab. Und ich möcht nicht, dass Sie dauernd Medy unterstellen, sie wär eine schlechte Mutter, das ist sie nämlich nicht. Und sie schlägt auch ihre Kinder nicht, schon gar nicht ihre Kleine.«
»Ich find schon, dass Nastassja traurig ist, Mama. Sie hat auch schon geweint bei mir im Zimmer, ganz schlimm sogar.«
Vernehmungsende: dreizehn Uhr fünfundvierzig.

Währenddessen hatte Torsten Kolb versucht, das Dezernat zu verlassen, und da er nicht weiter als bis zur verschlossenen Glastür, die zum Treppenhaus führte, kam, hämmerte er wie ein wütendes Kind mit den Fäusten an die Scheibe und trat mit den Schuhen dagegen. Meine Kollegen Braga und Gerke, die nach der zweiten Sitzung der Sonderkommission gerade die Vermisstenstelle verließen, packten ihn und legten ihm Handschellen an, worüber er sich derart lautstark beschwerte, dass mein Vorgesetzter mir eine Nachricht auf dem Schreibtisch hinterließ, ich möge mich nach der Vernehmung von Frau Karge sofort bei ihm melden. Er bat mich, Kolb zu beruhigen und ihn endlich zu vernehmen.
»Und wo ist Martin?«, fragte Volker Thon.

Ich wusste es nicht. Er war nicht aufgetaucht, er hatte nicht angerufen.

»Jemand muss zu ihm fahren und nachsehen.«

»Er kommt sowieso nicht in die Soko.«

»Brauchst du ihn nicht?«

»Natürlich brauch ich ihn.« Thon kratzte sich mit dem Zeigefinger am Hals. Alle drei Minuten erhielt er einen Anruf von Kollegen, die in der Stadt auf Recherche unterwegs waren. Und in einer halben Stunde fand die erste Pressekonferenz im Haus statt, was seine Angespanntheit noch verstärkte. In Thons Augen trieben die meisten Journalisten ein hinterhältiges Spiel und waren nur auf Sensationen und fehlerhaftes Verhalten seiner Mitarbeiter aus.

»Möchten Sie etwas essen?«, fragte ich Torsten Kolb, der neben dem Gummibaum in Webers Büro saß, die Hände auf dem Tisch, mit Handschellen gefesselt.

»Wollen Sie mich verarschen?«, sagte er.

Ich sagte: »Wenn Sie versprechen, sich ruhig zu verhalten, nehme ich Ihnen die Handschellen ab.«

»Los«

Ich sperrte die Handschellen auf und legte sie auf den Schreibtisch. Weber war nicht im Zimmer.

»Möchten Sie etwas essen?«, sagte ich.

»Ich will hier raus.«

»Noch ein Gespräch, dann sind Sie an der Reihe«, sagte ich und verließ das Büro. Er rief mir etwas hinterher, das ich sofort vergaß.

Im zweiten Stock wartete Erika Haberl an ihrem Laptop

auf mich. Dr. Mira Scott hatte auf demselben Stuhl Platz genommen wie Ilona Karge. Ich belehrte sie über ihre Rechte und nahm ihre Personalien auf.

Beginn der Vernehmung: vierzehn Uhr.
»Wurde Nastassja von ihrem Vater sexuell missbraucht?«
»Wie kommen Sie denn darauf?«
»Ja oder nein?«
»Nein. Auf so eine Frage war ich nicht gefasst. Wieso fragen Sie mich so was?«
»Finden Sie die Frage abwegig?«
»In diesem Fall schon.«
»Torsten Kolb hat seine Tochter geschlagen.«
»Davon weiß ich nichts.«
»Sie sind Kinderärztin und Psychotherapeutin, die Kinder der Familie Kolb sind bei Ihnen in Behandlung.«
»Ja.«
»Sie haben keine Hinweise auf Misshandlungen durch den Vater oder die Mutter?«
»Sexuelle Misshandlungen?«
»Ja.«
»Nein. Ich weiß aber, dass der Mutter manchmal die Hand ausrutscht. Sie hat auch schon mal den Kleiderbügel benutzt.«
»Auch bei Nastassja?«
»Ich würd es nicht ausschließen. Allerdings hat das Mädchen keine schweren Verletzungen davongetragen, die hätt ich bemerkt.«
»Haben Sie mit Frau Kolb darüber gesprochen?«

»Sie hat zugegeben, dass sie manchmal etwas streng ist. Ich hab auch mit den Kindern allein gesprochen, sowohl mit Fabian als auch mit der kleinen Nastassja. Und keiner von beiden hat etwas Negatives über die Mutter gesagt. Sie haben die Schläge eingeräumt, nahmen ihre Mutter aber geradezu in Schutz. Sie sagten, ihre Mutter meine es bestimmt nicht böse.«

»Würden Sie sagen, Fabian ist eine Art Beschützer für seine kleine Schwester?«

»Ja, er liebt sie, er nimmt sie bei der Hand, führt sie über die Straße, streichelt ihr Gesicht, die beiden haben ein enges Verhältnis. Ungewöhnlich, wenn man bedenkt, dass der Junge dreizehn ist und sie erst sechs.«

»Was sagen die beiden über ihren Vater?«

»Wenig. Fabian redet ungern über ihn, und Nastassja reagiert kaum, wenn man sie auf ihren Vater anspricht. Sie geht mit ihm manchmal zum Schwimmen, er holt sie ab und bringt sie auch pünktlich zurück. Aber sonst? Die Eltern sind praktisch getrennt.«

»Leidet die Mutter unter der Trennung?«

»Sie leidet eher unter dem unausgegorenen Zustand. Ich bin sicher, sie hätte ihr Leben besser im Griff, wenn sie geschieden wären. Aber da ist nichts zu machen. Ich hab mal versucht, mit ihr darüber zu sprechen. Ausweglos. Sie will sich nicht scheiden lassen, sie sagt, die Kinder brauchen ihren Vater. Ich hab ihr erklärt, den hätten sie auch nach einer Scheidung, auf die eine oder andere Art, auf jeden Fall würden sie ihn nicht weniger sehen als jetzt. Keine Chance. Lieber lässt sie sich mies behandeln und macht alles alleine, die Erziehung, die Schule, alles.«

»Meine Kollegen nehmen Kontakt mit allen Verwandten der Familie auf, mit den Freunden, Großeltern, Mitschülern, Nachbarn, mit allen möglichen Bezugspersonen. Bisher ohne Erfolg. Wo könnte sich Nastassja versteckt halten, vorausgesetzt, sie wurde nicht entführt?«

»Ich hab darüber nachgedacht. Und da fiel mir auf, wie wenig ich eigentlich von ihr weiß. Ich kenne ihren Körper, ich habe ihre Krankheiten behandelt, ich rede mit ihr, sie ist ein waches, intelligentes Kind. Ich weiß, in welchen Kindergarten sie geht, oder gegangen ist, sie ist ja nicht mehr dort. Aber sonst? Nein, ich weiß nicht, wo sie sein könnte. Wie geht es der Mutter?«

»Nicht gut, sie trinkt und nimmt Tabletten. Wann haben Sie Torsten Kolb zum letzten Mal gesehen?«

»Das ist lang her. Ich war mal auf Hausbesuch, als Nastassja Windpocken hatte. Vor einem Jahr ungefähr. Da war er da. Ich hab ein paar Worte mit ihm gewechselt. Er zeigte wenig Interesse an seiner kranken Tochter.«

»Würden Sie Nastassja als trauriges Kind bezeichnen?«

»Wie kommen Sie denn darauf? Traurig? Nein. So hat sie noch nie auf mich gewirkt. Was meinen Sie genau mit traurig?«

»Könnte es sein, dass sie sich Ihnen gegenüber verstellt?«

Anmerkung: Die Zeugin zögert mit der Antwort.

»Nein. Sie verstellt sich nicht. Nein.«

Vernehmungsende: vierzehn Uhr vierzig.

Als ich Torsten Kolb in das kleine Zimmer im zweiten Stock bringen wollte, rief Oberkommissarin Freya Epp an.

»Ich hör drinnen Musik, aber er macht nicht auf«, sagte sie.

Ich sagte: »Ich komme sofort hin.«

Ohne eine weitere Erklärung bat ich Paul Weber, noch eine Weile auf Kolb aufzupassen, und rannte die Treppe hinunter zum Hof, wo unsere Dienstwagen standen. Den Zweitschlüssel zu Martin Heuers Wohnung trug ich immer bei mir.

6 »Rühr mich bloß nicht an, rühr mich bloß nicht an, rühr mich bloß nicht an, rühr mich bloß nicht an ...«

Ich rührte ihn nicht an. Von der Wohnungstür bis ins Wohnzimmer, wo er auf dem Boden lag, mit dem Gesicht nach unten, die Arme von sich gestreckt, führte eine Schlangenlinie ungerauchter, filterloser Zigaretten, mindestens fünfzig Stück.

»Das ist die Erde«, hörte ich Martin Heuer sagen, das Gesicht auf den grauen Auslegeteppich gepresst. Zwischen den Sätzen drehte er den Kopf und schnaufte wie ein Sportschwimmer beim Wettbewerb, er hob die Augen, und ich, der neben ihm kniete, sah die eingefallenen grauen Wangen und den Speichel, der aus seinem Mund tropfte. Er hatte seine alte Daunenjacke angezogen und den Reißverschluss bis zum Kinn geschlossen. Trotzdem zitterte er am ganzen Körper. Und da er die Beine aneinander drückte, berührten sich die Absätze seiner Schuhe und verursachten durch das Zucken der Füße ein klackendes Geräusch, das Freya, die bei Martins Anblick erschrocken zum runden Tisch in der Fensternische zurückgewichen war, nur ertrug, indem sie sich immer wieder die Ohren zuhielt. So verstand sie nur wenig von dem, was er stammelte, und das erleichterte mich ein wenig. Denn Martin redete zu niemandem, nicht einmal zu mir oder sich selbst, die Worte rannen aus seinem Mund wie sein Speichel, es war, als würde sich seine Seele erbrechen, als wäre ihm mit jedem Wort, mit jeder

Bewegung seines Kopfes das Ringen nach Luft gleichgültiger, als wolle er mit dem Mund einen Tunnel in ein schäbiges fusseliges Leben graben und so lange durchhalten, bis er vollkommen darin verschwunden war, von seinem Atem verachtet, endlich am Ziel, endlich von sich selbst vergessen.

»Das ist die Erde, und du bist nicht mal ein Krümel. Die Frau, die trinkt, die weiß alles, aber wir sind auf der anderen Seite. Wir sind immer auf der anderen Seite. Immer da, wo die anderen nicht sind, wo nur wir sind. Rühr mich bloß nicht an! Ich sitz bei der Frau, die trinkt, und ich trink mit, ich trink mit, ich sitz und trink. Sitz und trink. Und sterb. Sterb schön. Du bist für die Lebenden, nichts mehr mit Mord, nichts mehr mit Leichen. Du hast das doch gehabt, du warst doch da, da. Du darfst das nicht vergessen. Weil, das zeigt, das beweist was. Das beweist, Sterben, schau, schau hin, geht. Das geht. Du hast doch das gesehen, du hast die Hände in die Hosentaschen gesteckt, aus Gewohnheit. Steht einer zu Füßen einer Leiche. Und denkt wahrscheinlich an die Welt draußen. Denkt und denkt, und die Leiche ist gerettet. Du hast einen Freund, einen Freund, der hat eine Freundin und ein Leben, der redet nicht viel, du hast den Freund, du hättst den Freund im Notfall. Du kennst den, du hast ihm gesagt, wir machen jetzt Polizei. Prüfung geschafft, Polizei gemacht. Du wärst in der Uniform geblieben, dein Freund wollt das nicht, Recht hat er. Der hat Recht, das kann er, Recht haben. Aber ein Rechthaber, das ist er nicht.

Ich schon. Und die Erde auch. Die Erde ist die größte Rechthaberin, die es gibt. So viele Planeten und ausgerechnet die Erde. Zu viel nachgedacht. Nachgedacht, aber nichts gedacht. Verstehst du endlich? Du denkst nach, aber du denkst deswegen nichts. Du hast bloß Gedenke im Kopf. Dauernd Gedenke und außen herum Leute, die reden. Wie die Frau, die trinkt.

Hör der Frau zu, die trinkt! Hör der Frau zu! Hör der Frau zu! Bitte hör der Frau zu! Die weiß doch alles. Aber wir wissen das nicht. Gedenke. Gedenke. Dann trink was, trink jetzt auch was! Gut so. Getrunken, Flasche leer. Getrunken, Flasche leer. Gut so. Lilo. Du hast doch Lilo in der Nacht. In der Nacht. In der Nacht hat jeder eine Lilo, irgendwo, das ist kein Kunststück. Gehst du hin, wos dunkel ist oder zwielichtig, ist die Lilo da. Das ist kein Kunststück. Ist doch Bluff. Ist doch gar kein echter Körper, ist doch Hautzeug bloß, Hautzeug, das riecht und Öffnungen hat. Haha. Kenn ich doch. Hast du doch beruflich. Das ist aber unfair. Nein. Das ist alles so wahr, dass du stirbst dran. Lilo. Was ist denn?

Rühr mich bloß nicht an! Dein Freund hat eine echte Freundin. Echte Freundin und Kollegin, sehr gut so. Gut so. Dein Freund geht in ein Hotel mit seiner Freundin, am Tag. Nicht in der Nacht. Am Tag. Am Tag. Das ist das. Und du? Lilo. Du gehst zu Lilo und duscht dich bei ihr, in ihrem Zimmer steht eine Dusche. Für die Stinker unter ihren Kunden. So wie du. Alles gleich, alle gleich. Ich will das nicht mehr. Hör auf damit. Ich bin jetzt Polizei seit fünfundzwanzig Jahren, du bist schon selbst ein Schreibtisch. Du bist eine Akte und ein Vermerk, du bist eine Vernehmung. Wenn du wohin gehst, wo Leute sind, und die reden, dann hörst du zu und stellst Fragen, und sie antworten, und du bist die Vernehmung, und sie sind die Verdächtigen. Du kannst sagen: Sie haben das Recht, die Aussage zu verweigern. Tun sie nicht.

Tun die das? Tun die nicht. Aber du hast sie belehrt, das ist wichtig. Kann kein Anwalt kommen und dich hinhängen. Korrekt. Du bist nur noch Vernehmung und Beschattung und Dienstplan. Das bist du. Du kennst die Leute, du gehst wohin, da sitzen Leute, und du hörst, was sie sagen, sie sagen das und das, und das ist kein Zuhören mehr, das ist stumme Vernehmung. Das muss jetzt enden, da ist die Erde, und die ist verkehrt, Platz ist falsch, falscher Platz. Du musst unten sein, unten du, oben Erde. Das ist richtig dann.

Du musst das Mädchen finden. Wieder ein Mädchen. Wir suchen die Kinder, das ist ein System, das ist gut. Wir finden die Kinder. Fast immer. Wichtig ist, die Kinder zu finden, wenn sie tot sind, sind sie wenigstens gefunden worden. Ungefundene Kinder, das ist ein Schmerz, den kann man nicht aushalten. Die liegen wo, ungefunden, und wir sind schon beim nächsten Kind. Du darfst das nicht an dich ranlassen.

Lass das nicht ran an dich. Sprich mit deinem Freund. Oder mit der Freundin von deinem Freund, sprich! Sprich, sprich! Als würd das klappen, ein Wort sprechen, und das ist dann ein Wundpflaster. Dein Freund macht

das nicht so. Der schweigt mit. Im Rhythmus schweigt der mit. Rühr mich bloß nicht an.
Ich will nie wieder angerührt werden. Nie wieder. Und wenn du nicht folgst, erschieß ich dich. Und Lilo schmeiß ich raus. Ich will ihre sexuellen Reflexe nicht mehr haben. Das ist das, was sie kann. Und was man kann, das muss man machen, bei den andern. Damit die dich wiedererkennen, vom letzten Mal, damit die wissen, das ist jetzt der, setz dich! Und dann Vernehmung und dann das Protokoll. Ich geh weg. Ich hab schon alles weggeschmissen, ich geh runter, und aus.
Sag deinem Freund auf Wiedersehen! Wiedersehen, Tabor. Wiedersehen. Und später lad ich ihn zu einem kalten Getränk ein, in ein Gasthaus, im Gasthaus war ich immer aufgehoben, das haben wir gemeinsam gehabt. Mein Freund Tabor und ich. Im Gasthaus sitzen wie in einem Zuhaus, deswegen Gasthaus. Wirtshaus gibts auch, kann auch funktionieren. Hängt von der Seite des Tresens ab. Welche Seite die wichtige ist. Hüben oder drüben. Der Wirt oder der Gast. Das Haus bleibt gleich. Du musst die Frau fragen, die trinkt! Die Frau, die trinkt, die kenn ich. Ich hab sie im Trinken erkannt. Die hat das Mädchen verschleppt, das ist im Trinken, ich hab sie gesehen, die ganze Nacht, Trinker lesen, das ist das, was du kannst. Das kannst du. Trinker lesen und das Trinken auch. Das stimmt.
Das stimmt. Ich hab das ausgehalten, das Zusehen, das kannst du. Du musst nicht mittrinken. Nein. Ich geh jetzt. Die Vernehmung ist jetzt aus.«

Martin drehte sich von mir weg. Die Absätze seiner Schuhe stießen noch immer klackend aneinander. Er vergrub den Kopf unter den Armen, die Daunenjacke raschelte, so stark vibrierte sein Körper.
Auf ein leises Klirren hin wandte ich mich um. Mit zwei leeren Wodkaflaschen in den Händen stand Freya Epp vor der Küchentür, entsetzt und mitleidvoll zugleich, in Erwartung einer Erklärung. Ich stand auf, betrachtete meinen reglos daliegenden Freund, nahm Freya die Flaschen aus der Hand und stellte sie in die Küche, die ähnlich aufgeräumt und unbenutzt aussah wie die in Kolbs Appartement.
»Schläft er?«, fragte Freya leise und mit großen, noch immer von Schrecken geweiteten Augen hinter der Brille mit dem roten Gestell.
Das laute Klingeln des Telefons ersparte mir eine Antwort. Ich nahm den Hörer ab.
»Ich bin es«, sagte Sonja Feyerabend. »Medy Kolb ist kollabiert.«

Der Notarzt brachte die Frau ins Klinikum Großhadern, wo ihr der Magen ausgepumpt wurde und sie mehrere Spritzen bekam. Von Sonja unbemerkt, hatte sie im Badezimmer heimlich weiter getrunken und gleichzeitig Schlaftabletten genommen. Erst als sie keine Luft mehr bekam und zusammensackte, begriff Sonja die Situation. Offenbar war es Medy Kolb gelungen, sie derart zu täuschen, dass Sonja sich weiter mit Fabian beschäftigte, von dem sie hoffte, er würde endlich sagen, wo er die halbe Nacht lang gesteckt hatte. Alles, was er sagte, war: »Ich habe nach meiner Schwester gesucht.«

Nachdem Freya Epp und ich Martin ins Bett getragen, ihn entkleidet und zugedeckt hatten, warteten wir noch eine Zeit lang. Er schien eingeschlafen zu sein. Aus all den Jahren wusste ich, wie viel er vertrug, und es war, was ich Freya nicht erzählte, auch nicht das erste Mal, dass ich ihn desolat am Boden liegen sah. Bevor er zusammengebrochen war, hatte er diese Spur aus Zigaretten gelegt, und bestimmt würde er, wenn er aufwachte, keine Ahnung haben, was er damit hatte ausdrücken wollen.

»Hat er keine Verwandten?«, sagte Freya. »Jemand muss doch bei ihm bleiben.«

Martin Heuers Eltern lebten in Taging, in dem Dorf, wo wir beide aufgewachsen waren und wo das Grab meiner Mutter war. Er besuchte seine Eltern selten, zweimal im Jahr, und dann nur kurz und pflichtschuldig. Nicht, dass er mit ihnen zerstritten gewesen wäre, sie hatten sich nichts zu sagen, weder er ihnen noch sie ihm. Sein Vater hatte auf einer Bank gearbeitet, ohne jeden Ehrgeiz, eines Tages wenigstens Filialleiter zu werden, seine Mutter hatte ein Studium als Pharmazeutin absolviert und später eine Halbtagsstelle in einer Taginger Apotheke, bevor sie sich ausschließlich Martins Erziehung widmete. Ich konnte mich nicht erinnern, dass er je einen harten Streit mit seinen Eltern gehabt hätte, er war ein nachgiebiger Junge, der am liebsten in Ruhe gelassen werden wollte. Wenn er sich über etwas ärgerte, wobei man dann nie genau wusste, worüber, neigte er zu Überreaktionen, aggressivem Verhalten und Sturschädeligkeit. Von unserem ersten Lebensjahr an wohnten wir in derselben Straße, einander schräg gegenüber, zwischen unseren Häusern befand sich ein Schuppen für Schweine, Hühner und landwirtschaftliche Geräte, der zum Bauernhof auf der anderen Seite der Wiese gehörte. Nach der Grundschule besuchten wir das Gymnasium in der Kreisstadt, und kurz vor dem Abitur, in einem Anfall euphorischer Ratlosigkeit, was unsere Zukunft betraf, schlug Martin vor, Polizist zu werden. Er besorgte die Unterlagen, wir füllten sie aus und vergaßen sie. Einen Monat später erhielten wir die Einladung zu einem Vorgespräch.

Martin hätte wie sein Vater Bankangestellter werden und ich studieren und vielleicht Lehrer werden sollen, denn Beamte hatten nach Meinung meiner Mutter ein gesichertes Leben. Nach ihrem Tod endete meine Vorstellung von einem gesicherten Leben für alle Zeit, obwohl ich tatsächlich Beamter wurde.

Martin, so glaube ich heute, hatte nie ein gesichertes Leben erwartet, auch nicht im Staatsdienst, in den er übermütig eintrat, dazu bereit, die Uniform nie wieder auszuziehen. Vielleicht hatte ich einen Fehler begangen, als ich ihn überredete, in den gehobenen Dienst zu wechseln, vielleicht hätte er sich in seiner Uniform, bei seinem Streifendienst besser aufgehoben gefühlt, vielleicht hätte diese Arbeit eine Art Schalterdienst für ihn bedeutet, der ihn zu den immer gleichen Handbewegungen und Erklärungen, Ermahnungen und Verhaltensweisen zwang, über die er von einem bestimmten Zeitpunkt an nicht mehr nachzudenken bräuchte. Er hätte seine Ruhe gehabt, und nur gelegentlich, vielleicht, wäre er für schnelle Momente aus der Haut gefahren und hätte seine Kollegen verblüfft. Getrunken hatte er schon als Jugendlicher, vermutlich nicht mehr als ich, und es hatte ihm nie geschadet, nicht gesundheitlich, nicht im Beruf. Bis vor einigen Monaten. Vor einigen Monaten war er zum ersten Mal nicht zum Dienst erschienen, weil er aus einer Nacht nicht mehr herausgefunden hatte. Und ich erfand eine Lüge für unseren Vorgesetzten. Volker Thon glaubte mir, zumindest tat er so.

Und nun, zu Beginn der Ermittlungen bei dieser unheilvollen Kindsvermissung, lag Martin wieder auf dem Boden, und ich würde wieder lügen müssen, und diesmal hatte ich eine Zeugin.

»Es ist eine Grippe«, sagte ich.

»Was sonst?«, sagte Freya.

»Danke.«

»Er tut mir leid.«

Ich schwieg.

»Er muss zum Arzt gehen. Du musst ihn dazu bringen, dass er sich untersuchen lässt. Er sieht so … elendig aus.«

Nicht einmal in Handschellen und an den Füßen festgekettet würde sich Martin zu einem Arzt schleppen lassen.

»Ja«, sagte ich.

»Sollen wir nicht doch seine Eltern anrufen?«

»Nein.«

»Hoffentlich erfährt die Presse nichts davon.«

Bevor wir die Wohnung verließen, öffneten wir minutenlang sämtliche Fenster.

7

Nach dem aktuellen Ermittlungsstand sah es so aus, als wäre Nastassja Kolb vom Erdboden verschluckt worden. Obwohl es zu der Zeit, als sie ihr Elternhaus verließ – sofern die Aussagen ihrer Mutter zutrafen –, noch hell gewesen war, hatte anscheinend niemand in der Josephinenstraße das Mädchen gesehen. Einige Nachbarn meinten gegenüber meinen Kollegen, sie wären sich nicht sicher, viele Kinder hätten an diesem Nachmittag draußen gespielt, wie immer, und ob Nastassja eines von ihnen gewesen war, könnten sie nicht sagen. Inzwischen waren die ersten Reporter aufgetaucht, was dazu führte, dass die Anwohner auf der Prinz-Ludwigs-Höhe in für uns ungewohnter Einmütigkeit jeden Kontakt nach draußen verweigerten, einige jüngere Soko-Mitarbeiter stießen bei ihren Befragungen deshalb auf zeitraubenden Widerstand.

An den Fenstern im Haus Josephinenstraße waren nach wie vor die grünen Rollläden heruntergelassen, und auch in den direkt angrenzenden Gebäuden ließ sich niemand sehen, nicht einmal hinter den Gardinen. Unmittelbar bevor die ersten Fotografen ihre Bilder schossen, hatte Sonja den Eltern von Medy Kolb die Tür geöffnet. Sie waren aus der Innenstadt gekommen, wo sie unweit des Theresiengymnasiums wohnten, in dem Friedbert Hegel als Lehrer tätig gewesen und auf das auch seine Tochter gegangen war.

Doch den Großeltern gelang es so wenig wie Sonja

Feyerabend, Fabian dazu zu bewegen, die Musik in seinem Zimmer abzustellen und einen Ton zu sagen. Wenn er auf die Toilette musste, setzte er sich seinen Walkman auf, senkte den Blick, verschwand wortlos im Bad und nach einer Viertelstunde wieder in seinem Zimmer. Friedbert Hegel schrie ihn zweimal an, und Fabian erschrak. Doch im nächsten Moment verfiel der Junge erneut in seinen offensichtlich erprobten lethargischen Zustand. Für Sonja bedeutete der Aufenthalt in der Wohnung eine Tortur, zumal sie von Thon keinen Kollegen an die Seite gestellt bekam, weil keiner frei war.

»Und du?«, sagte sie am Telefon.

Ich sagte: »Ich zerlege einen Zeugen.«

»Nimm Paul mit!«

»Nein«, sagte ich, obwohl ich wusste, dass sie Recht hatte. Ich ahnte, dass möglicherweise alles falsch sein würde, was ich von nun an tat.

Er trank Kaffee, hatte ein Sandwich gegessen und spülte den Mund mit Mineralwasser aus, als ich, gefolgt von Erika Haberl, den Raum betrat. Er hob den Kopf, schmatzte, schluckte das Wasser und lehnte sich zurück.

»Buon giorno«, sagte er und klebte seinen Blick auf mich.

Für das Protokoll stellte ich ihm dieselben Fragen wie in der Camerloher Straße, er beantwortete sie weitgehend übereinstimmend. Inzwischen schien er Vergnügen dar-

an zu finden, seine Sätze mit theatralischen Gesten zu unterwedeln.
»Wann haben Sie Ihre Tochter zum letzten Mal gesehen, Herr Kolb?«, fragte ich.
»Vergessen«, sagte Torsten Kolb. »Ich hab viel zu tun, ich steh früh auf, komm spät nach Hause, schwierige Zeiten …«
Anmerkung: Der Zeuge fuchtelt mit den Händen, er macht den Eindruck, als wolle er seine Nervosität überspielen. Diese Vermutung mit Hauptkommissar Süden vor dem Ausdrucken abklären!
»Wann ungefähr?«
»Vor einem Monat? Einem Monat. Hab sie ins Dantebad mitgenommen. Sie planscht gern, ich schwimm gern.«
»Warum waren Sie ausgerechnet im Dantebad?«
»Schönes Ambiente, ich kenn den Bademeister, Linksaußen früher. Knie kaputt, aus die Maus. Zum Bademeistern reichts. Haben Sie schon eine Spur von der Kleinen?«
»Wir müssen noch einmal über gestern sprechen.«
»Wieso?«
»Alle Familienangehörigen werden befragt, auch Ihre Frau. Sie haben gestern …«
»Vorher will ich mit ihr reden, *capice?*«
»Unterbrechen Sie mich nicht, Herr Kolb.«
»Ich unterbrech Sie, wann ich will. Das ist mein Recht. Bloß weil ich keinen Anwalt dabeihab, lass ich mich hier nicht unter Druck setzen! Das kommt sowieso alles in die Zeitung. Ich merk mir das. Ich bin freiwillig hier, schrei-

ben Sie das mit, Frau! Ich lass mich doch nicht austricksen. Ist das überhaupt legal, dass Sie da rumstehen? Sie sollen sich hinsetzen. Ich steh doch auch nicht. Schreiben Sie mit: Ich beschwere mich, dass der Bulle da rumsteht. Was ist? Probleme? Was ist?«

Anmerkung: Der Zeuge starrt HK Süden an, fährt dann mit einer hektischen Bewegung vom Stuhl hoch, wobei dieser umkippt, und verschränkt die Arme und grinst.

»Und jetzt? Was ist jetzt? Verhaftung? Nichts sagen kann ich auch. Pass auf. Jetzt pass auf.«

Anmerkung: Der Zeuge schweigt, er lässt HK Süden nicht aus den Augen. HK Süden erwidert den Blick.

»Coole Tour, Herr Kommissar.«

Anmerkung: Der Zeuge will sich setzen und bemerkt, dass der Stuhl umgekippt ist.

»Ist das eine strafbare Handlung, wenn ich den Stuhl anfass? Oder verstoß ich da gegen was? Ist ja Eigentum des Staates.«

»Sie können den Stuhl hinstellen und sich setzen.«

»Grazie.«

Anmerkung: Der Zeuge setzt sich, gießt Mineralwasser ins Glas, trinkt.

»Sie haben gestern Mittag um dreizehn Uhr mit Ihrem Freund Belut telefoniert.«

»Si.«

»In diesem Gespräch haben Sie angedeutet, Sie würden Ihre Tochter treffen.«

»Ist ja gut. Ja. Und? Hab ich mir gedacht. War die Idee. Hab ich aber nicht getan. Verboten?«

»Was haben Sie stattdessen getan?«
»Ich war allein da.«
»Wo waren Sie, Herr Kolb?«
»Im Dante. Ich war schwimmen. Bewegung. Ich hab den ganzen Tag Stress, ich brauch Abwechslung. Sitzen ist schlecht. Sie sitzen auch zu viel. Sieht man.«
»Wann waren Sie im Dantebad?«
»Abends.«
»Wann genau?«
»Ab sieben oder so.«
»Und vorher?«
»Wie vorher?«
»Wo waren Sie vorher, Herr Kolb?«
»Vorher, Herr Kommissar, war ich in der Arbeit. Haben Sie das mitgeschrieben? In – der – Arbeit. Autohaus Westend. Ich bin da Betriebsleiter. Westendstraße. Brauchen Sie die Telefonnummer auch?«
»Im Moment nicht.«
»Im Moment nicht.«
»Von wann bis wann waren Sie gestern im Autohaus Westend?«
»Gehts hier eigentlich um mich oder um meine Tochter, die weg ist? Langsam hab ich den Verdacht, Sie verschleudern hier Unmengen an Steuergeldern. Das ist irre. Wenn ich so arbeiten würd wie Sie, könnt ich meinen Laden dichtmachen. Das gibts doch gar nicht! Sie stehen hier rum, stellen mir Fragen, die null mit meiner Tochter zu tun haben, und ich antworte Ihnen auch noch. Jetzt mal ehrlich: Sie machen sich bloß

wichtig, oder? Sie veranstalten das hier mit mir wegen der Presse. Oder? Ist doch so. Damit Sie sagen können, wir verhören Leute, wir tun was. Oder? Was sagen Sie jetzt?«

»Zum Lügen ist niemand zu dumm, Herr Kolb.«

Anmerkung: Der Zeuge verstummt schlagartig. Mit offenem Mund starrt er HK Süden an. Einige Zeit fällt kein Wort.

»Was haben Sie gesagt? Was war das? Was? Jetzt pass mal auf. Jetzt sag ich dir mal was ...«

»Duzen Sie mich nicht, Herr Kolb.«

»Ich duz dich, da kannst du dich auf den Kopf stellen.«

Anmerkung: Der Zeuge schreit.

»Ich lass mich doch von dir nicht anmachen. Ich hab doch hier Rechte. Ich lass mich doch hier nicht dumm nennen. Spinnst du? Ich will sofort deinen Vorgesetzten sprechen. Los, hol den her! Sonst sag ich überhaupt nichts mehr. Er! Was war das? ›Zum Lügen ist niemand zu dumm‹? Pass bloß auf. Spinnst du? Hol deinen Chef jetzt, sonst passiert was. Los! Abzug! *Avanti!* Schleich dich! Hol deinen Chef, ich will mich beschweren. Was ist?«

»Die Vernehmung wird auf Wunsch des Zeugen unterbrochen.«

Anmerkung: HK Süden verlässt den Raum. Der Zeuge grinst. Er stellt der Protokollantin eine Frage, auf welche sie erwidert, sie sei nicht befugt, mit dem Zeugen zu sprechen. Der Zeuge nickt, starrt mit ernster Miene auf den Tisch. Er macht den Eindruck, als denke er angestrengt über etwas nach.

»Dann erkläre mir, warum er noch hier ist«, sagte ich.

»Bitte?«

»Wenn er nichts zu verbergen hätte, wäre er längst gegangen.«

Volker Thon trug ein dunkelblaues Halstuch zum ockerfarbenen Hemd, dazu eine perfekt sitzende Hose in beinah derselben Farbe wie das Tuch. Er verströmte den Geruch nach gutem Rasierwasser, und wenn er sich mit dem Zeigefinger am Hals kratzte oder an seinem Kragen nestelte, wirkte er gerade in Phasen angespannter Hektik und im Kreis seiner durchschnittlich bis nachlässig gekleideten Kollegen wie ein Pfau, der sich verlaufen hatte. Mit seinen fünfunddreißig Jahren war er der jüngste Abteilungsleiter im Bereich des Polizeipräsidiums München und einer der wenigen Kriminalisten, die verheiratet waren und zwei Kinder hatten und der sich gleichermaßen als Familienmensch wie als unermüdlicher, erfolgsorientierter Ermittler verstand. Vielleicht konnte man sein Leben nicht unbedingt als gesichert bezeichnen, aber es war auf eine Weise geordnet – vor allem nach seiner eigenen Definition –, um die ich ihn manchmal beneidete. Und dieser Neid versetzte mich dann in einen Zustand von unausgegorener Wut, die ich nur durch gastronomische Aushäusigkeit und bodenloses Schweigen wieder los wurde. Für Martin Heuer verkörperte Thon den Inbegriff eines geglückten Menschen. Diese Einschätzung fand ich übertrieben. Bis zu jenem Tag, an dem ich begriff, wie dumm es von mir gewesen war, Martin für solche und ähnliche Äußerungen zu belä-

cheln, als wäre es nicht vielmehr meine Pflicht gewesen, bedingungslos Freund zu sein.
»Soll ich jetzt raufgehen und mich für dich entschuldigen?«, sagte Thon.
»Du musst kurz mit ihm sprechen.«
»Was ist mit Martin? Wieso ist der plötzlich krank? Wieso führt ihr die Vernehmung nicht zusammen?«
Selten geriet Thon so unter Stress wie in der Anfangsphase von Fällen, bei denen Kinder vermisst wurden. Er neigte dann sogar dazu, wenn er sich unbeobachtet fühlte, zu Hause anzurufen und ein paar Worte mit seinem fünfjährigen Sohn oder seiner neunjährigen Tochter zu wechseln, nur, wie ich vermutete, um sich zu versichern, dass er sich keine Sorgen zu machen brauchte. Wurde ich zufällig Zeuge dieser Gespräche, kam es mir vor, als halte jemand ein Vergrößerungsglas über meine Einsamkeit.
»Der Grippeanfall hat ihn heute Nacht erwischt«, sagte ich.
»Und wie lange dauert der Anfall?«, sagte Thon. »Ich hab schon genug Ausfälle. Wenn wir das Mädchen übers Wochenende nicht finden und die Soko erweitern müssen, brauch ich Kollegen von anderen Dezernaten, die werden sich bedanken.«
»Vielleicht ist er morgen wieder fit.«
»Wenn der Vater lügt, dann sags ihm ins Gesicht. Du weißt, wie manche Leute darauf reagieren.«
»Dieser Mann nicht«, sagte ich.
Wir waren auf dem Weg in den zweiten Stock. Aus den

Büros drangen das schrille Klingeln der Telefone und eine Endlosschleife von Stimmen. Im Zusammenhang mit allen übrigen bis zur Stunde mehr oder weniger unaufklärbaren Fragen der Journalisten gehörte die nach dem seelischen Zustand und Aufenthaltsort der Eltern zu den gefährlichsten. Was die Mutter betraf, so lautete die offizielle Version, sie habe einen Schwächeanfall erlitten und stehe unter ärztlicher Beobachtung. Auf die Frage, ob sie sich zu Hause aufhalte, hatte Thon in der Pressekonferenz mit Nein antworten müssen, da es – ähnlich wie in einer Zeugen- oder Tätervernehmung – das schlechtestmögliche Licht auf ihn und sein Team geworfen hätte, wenn er später der Lüge überführt worden wäre. Um welches Krankenhaus es sich handelte, hatte er nicht gesagt.

»Du hast meine Frage, warum er noch hier ist, noch nicht beantwortet«, sagte ich vor der geschlossenen Tür des Vernehmungszimmers.

»Womöglich ist er ein Wichtigtuer«, sagte Thon.

»Der eigene Vater?«

»Fängst du an, Dinge auszuschließen?«

Ich schwieg. Natürlich schloss ich alles andere aus, sowohl dass Medy Kolb etwas mit dem Verschwinden ihrer Tochter zu tun haben könnte als auch ihr Sohn, für mich zählte nur der Ehemann, er war die Schlüsselfigur, er war der Hauptlügner.

»Nein«, sagte ich und öffnete die Tür.

Erika Haberl steckte das Taschentuch ein, mit dem sie sich gerade geschnäuzt hatte, und warf mir einen fragenden Blick zu. Ich nickte. Sie tippte einen Satz in den Laptop.

»Volker Thon, ich bin Leiter der Vermisstenstelle, Sie wollten mich sprechen?«
»Genau. Der Mann hat mich beleidigt.«
»Was hat er zu Ihnen gesagt?«
»Er hat gesagt, ich wär dumm und würd lügen.«
»Ich habe zu ihm gesagt, zum Lügen sei keiner zu dumm.« Das hätte ich nicht sagen dürfen. Unter keinen Umständen hätte ich diese Bemerkung machen dürfen, nun hatte Erika Haberl keine andere Wahl, als sie zu protokollieren, und Torsten Kolb musste das Protokoll unterschreiben. Ich sah, wie Thon innerlich erstarrte. Er rieb sich die Hände, als würde er sie eincremen, nestelte an seinem Halstuch und setzte sich an den Tisch.
»Herr Kolb, Ihre Tochter ist seit gestern Abend unauffindbar, niemand hat sie gesehen. Ich hab eine Sonderkommission einberufen, zwanzig Kolleginnen und Kollegen beschäftigen sich mit dem Fall. Wenn Sie uns etwas mitzuteilen haben, tun Sie das jetzt bitte. Wir sind alle sehr angespannt, wie Sie sich denken können.«
»Ich lass mich doch nicht beleidigen«, blaffte Kolb und zeigte auf mich. »Der bedroht mich. Der steht da am Fenster und bedroht mich. Ich will mit einem anderen Polizisten reden, mit dem nicht! Wenn der dableibt, sag ich nichts mehr. Null! *Capice?*«
»Bitte?«, sagte Thon.
»Ich sag nichts mehr. Der Typ ist total unberechenbar. Da, schon wieder! So steht der die ganze Zeit da. Pass bloß auf.«
»Bitte beruhigen Sie sich«, sagte Thon. »Der Kollege

Süden stellt Ihnen ganz normale Fragen, beantworten Sie sie, dann können Sie sofort gehen. Wenn Sie möchten, fahren wir Sie auch ins Krankenhaus.«
Ich hatte nicht daran gedacht, Thon über die Situation zu informieren. Als ich vorhin den Raum verlassen hatte, stürzte ich die Treppe hinunter wie jemand, der vor einem Feuer flüchtete, einer nahenden fürchterlichen Explosion. In einem mageren Anfall von Selbstkontrolle gelang es mir, zwei Minuten nicht an den Mann zu denken, seine Stimme auszuschalten, meine Empfindungen zu bändigen, als würde ich eine Horde gereizter Rottweiler anleinen und ahnen, dass es mir nicht gelingen würde, sie festzuhalten. Und so hatte ich in Thons Büro erst einmal eine Tasse schwarzen Kaffee getrunken, ehe ich mein plötzliches Auftauchen erklärte. Zudem hatte er mich nicht gefragt, wie die Vernehmung bisher verlaufen war. Seine Gedanken galten der Koordination der Kollegen, und ich störte ihn bei seinen Planungen.
Aus Versehen hüstelte Erika Haberl, instinktiv hatte sie Thon noch warnen wollen.
»Was für ein Krankenhaus?«, sagte Kolb mit gleißender Stimme. »Wer ist im Krankenhaus? Was ist? Was? Wer?«
»Bitte?«, sagte Thon, um Zeit zu gewinnen. Sofort, als Kolb loslegte, hatte Thon begriffen, dass dieser vom Zusammenbruch seiner Frau noch nichts wusste.
»Zu Ihrer Frau«, sagte ich. »Sie ist im Krankenhaus.«
»Und warum erfahr ich das nicht? Trick oder? Sauber reingefallen. Was ist mit der? Los jetzt. Kriegt sowieso alles die Zeitung, also packt aus jetzt.« Er schlug mit der

flachen Hand auf den Tisch, sah uns der Reihe nach an und schlug ein zweites Mal auf den Tisch. »Maul auf jetzt.«

»Sind Sie betrunken?«, sagte Thon.

»Ich bin nicht betrunken.«

Das Telefon klingelte.

»Klingeln lassen«, schrie Kolb.

Ich nahm den Hörer ab. Es war Sonja. Nachdem ich ihr zugehört und aufgelegt hatte, sagte ich: »Stimmt es, dass Sie schon mehrere Male Ihre Tochter zum Schwimmen abgeholt und dann erst spät in der Nacht zurückgebracht haben, Herr Kolb?«

»Was ist?«

»Haben Sie die Frage verstanden?«, sagte Thon.

»Wollen Sie mich verarschen oder was? Halten Sie mich für einen Behinderten? Wie reden Sie überhaupt mit mir?«

»Stimmt das, Herr Kolb?«, sagte ich.

Er fuhr sich mit dem Finger über den Schnurrbart und schniefte. »Nein.«

»Sie haben Ihre Tochter nach dem Schwimmen nie erst spät in der Nacht zurückgebracht?«

»Nein.«

»Wir haben einen Zeugen, der das beschwört.«

»Dann lügt er.« Er hielt inne, nickte zum Telefon hin, schob den Stuhl nach hinten und verschränkte die Arme. »Der Alte. Lehrerpack. Das sind menschliche Rassisten, alle zwei, der Alte und seine Frau.«

»Was sind menschliche Rassisten?«, fragte Thon.

»Die scheißen auf einen wie mich«, sagte Kolb. *»Capice?*

Für die bin ich ein Schrotthändler, weil ich gebrauchte Autos verkauf. Aber ich verkauf auch neue Autos. Interessiert die nicht. Ich bin Betriebsleiter, ich bin doch nicht irgendein dahergelaufener Schraubendreher. Hat die nie interessiert. Ihre Tochter hat fürs Lehramt studiert. Geschichte. Englisch. Deutsch. Das ist was. Und dann heiratet die einen Autohändler. Abstieg. Das ist Rassismus, wie die mit andern umgehen. Der hat doch keine Ahnung, der Alte.«

»Er lügt also«, sagte ich.

»Was ist jetzt mit meiner Frau?«, sagte Kolb. »Wieso ist die im Krankenhaus?«

»Sie hat zu viel getrunken«, sagte ich.

»Ich sags. Die trinkt. Wahrscheinlich hat sie auch noch Tabletten geschluckt! Oder? Oder? Hab ich Recht? Freilich hab ich Recht.«

Ich sagte: »Warum haben Sie sich eigentlich noch nicht scheiden lassen, Herr Kolb?«

»Wieso denn? Spinnst du? Wieso soll ich mich scheiden lassen? Spinnst du? Ich hab zwei Kinder, da zahl ich mich blöd, wenns schlecht läuft. Und heutzutage läufts immer schlecht für den Mann. Ich lass mich doch nicht scheiden. Ist ihr doch recht so. Fragen Sie sie. Das ist halt eine moderne Ehe, die wir führen, verstehst mich?«

Er grinste.

Als es an der Tür klopfte, hoffte ich, es würde Freya Epp sein, die ich beauftragt hatte, in Kolbs Autohaus anzurufen und die Arbeitszeiten zu überprüfen.

»Entschuldigung«, sagte Florian Nolte, ein junger Oberkommissar aus der Vermisstenstelle. »Ich hätt eine wichtige Nachricht für Herrn Süden.«

Im Flur schloss ich die Tür hinter mir.

»Wir haben einen Zeugen«, sagte Nolte. »Der behauptet, er hat das Mädchen in ein Auto steigen sehen, silbergrauer Audi, vom Münchner Kennzeichen hat er sich ein B und zwei Ziffern gemerkt. Wir haben die Nummer gecheckt.«

»Wem gehört der Wagen?«

»Wir haben fünfzehn Fahrzeuge, die mit der Ziffern- und Buchstabenkombination in Frage kommen.«

»Ist der Zeuge hier?«

»Er hat angerufen, ich hab ihm gesagt, er soll herkommen. Er sagt, er schafft es in einer halben Stunde.«

»Warten Sie bitte einen Moment.« Ich ging zurück ins Vernehmungszimmer. »Welches Auto fahren Sie, Herr Kolb?«

»Wieso?«

»Bitte beantworten Sie die Frage«, sagte Thon.

»Einen Audi natürlich.«

»Wieso natürlich?«

»Weil das unsere Marke ist.«

»Welche Farbe hat Ihr Auto?«, sagte ich.

»Silbergrau.«

»Und das Kennzeichen?«

Er nannte es, und ich ging wieder in den Flur hinaus.

»Steht diese Autonummer auf Ihrer Liste?«

Florian Nolte betrachtete das Din-A4-Blatt, das er mitgebracht hatte. »Hier ist sie.«

Zurück im Zimmer sagte ich: »Ich wiederhole eine Frage, Herr Kolb: Waren Sie gestern Abend mit Ihrer Tochter Nastassja zusammen oder in der Nähe der Wohnung in der Josephinenstraße?«

»Der Typ nervt. Nein. Bist du irgendwie schwerhörig?«

»Hören Sie auf, meinen Kollegen zu duzen«, sagte Thon.

Ich sagte: »Ich belehre Sie darüber, dass Sie von jetzt an nicht mehr als Zeuge, sondern als Tatverdächtiger vernommen werden. Das bedeutet, Sie haben das Recht, die Aussage zu verweigern und einen Anwalt hinzuzuziehen. Ich beschuldige Sie, am Verschwinden Ihrer sechsjährigen Tochter beteiligt zu sein und die Arbeit der Polizei massiv zu behindern. Wir haben das Recht, Sie achtundvierzig Stunden festzuhalten und zu befragen. Haben Sie verstanden, was ich gesagt habe?«

Torsten Kolb machte einen verwirrten Eindruck. Er beugte sich vor und wusste offenbar nicht, was er sagen sollte.

»Sie werden beschuldigt, Ihre Tochter entführt zu haben«, sagte Thon.

Ich sagte: »Ein Zeuge hat Ihr Auto gestern Abend in der Nähe der Josephinenstraße gesehen und beobachtet, wie Ihre Tochter zu Ihnen in den Wagen gestiegen ist.«

Kolb rückte auf seinem Stuhl hin und her. Im Gegensatz zu bisher wirkte er verunsichert. Er gestikulierte mit den Händen, ohne etwas zu sagen. Dann streckte er den Rücken und bemühte sich um einen entschlossenen Ausdruck.

»Ich sag nichts mehr. Ist mir egal, wenn Sie mich

einsperren. Das sitz ich aus. Das wird euch noch leidtun. Und jetzt aus die Maus.«

Eine halbe Stunde später betrat der Zeuge, der Torsten Kolb gemeinsam mit seiner Tochter gesehen haben wollte, mein Büro.

Beginn der Vernehmung: Samstag, der sechste April, siebzehn Uhr zwanzig.

8

Name: Sigburg, Vorname: Ernst, Alter: einundsechzig, wohnhaft in der Teutoburger Straße, Beruf: freier Journalist.

»Haben Sie die Absicht, über diese Vernehmung einen Artikel zu schreiben?«

»Ich arbeite in einer Lokalredaktion in Wolfratshausen«, sagte Ernst Sigburg. »Für München bin ich nicht zuständig.«

»Schreiben Sie – in welcher Zeitung auch immer – etwas über diese Vernehmung?«

»Nein.«

»Warum nicht?«

»Bitte?«

»Es ist Ihr Job, darüber zu schreiben. Ihre Kollegen werden Sie darum beneiden.«

»Mein Job ist es, zu den Jahresversammlungen vom Alpenverein oder Schützenverein zu gehen oder aus dem Stadtrat über die Umbenennung der Hauptstraße in Bürgermeister-Müller-Straße zu berichten. Ich bin ein Lokaljournalist, über Verbrechen und polizeiliche Sachen schreibt ein Kollege von mir.«

»Mögen Sie Ihren Job nicht?«

»Nicht besonders. Aber ich darf mich nicht beschweren, ich bin Pauschalist, ich hab ein festes Einkommen, egal, wie viel ich schreib. Und wenn ich die Redaktion verlasse, will ich meine Ruhe.«

»Was tun Sie in Ihrer Freizeit?«

»Ich bin Modellbauer, ich bau Schiffe, Flugzeuge, historische Fahrzeuge.«

»Dann berichten Sie auch von der Jahreshauptversammlung des Vereins der Modelleisenbahnfreunde.«

»So ungefähr.«

»Sie sind nicht verheiratet.«

»Ich bin geschieden.«

»Haben Sie Kinder?«

»Einen Sohn. Er lebt in Berlin, arbeitet dort als Streetworker. Oder ist drogensüchtig, ich weiß es nicht genau.«

»Sie haben keinen Kontakt zu ihm.«

»Nein. Zu meiner Exfrau auch nicht. Sie wollt ein anderes Leben, das, was ich ihr geboten hab, war ihr zu klein. Sie hat immer gesagt, ich soll mich beim ›Spiegel‹ bewerben, oder beim ›Stern‹, oder wenigstens im Stammhaus der ›Süddeutschen Zeitung‹. Wollt ich nicht. Ich bin Lokaljournalist. Da ist sie weg, samt meinem Sohn. Nach Hamburg, sie hat einen Geschäftsmann kennen gelernt, einen Modeeinkäufer, der ein Haus auf Sylt besitzt. Da ist die Welt natürlich größer. Mein Sohn war damals sieben, er musste die Schule verlassen, seine Freunde, alles. Meine Frau hat nicht lange gefackelt. Was hätt ich machen sollen? Wenn jemand weg will, darf man ihn nicht halten. Mein Kontakt zu Benedikt, das ist mein Sohn, war nicht besonders innig, weiß nicht, warum. Wir mochten uns nicht, wenn man so was sagen darf, wir waren uns irgendwie nicht sympathisch. Als Jugendlicher hat er mich ein paar Mal besucht, ich hab ihm Geld gegeben, er hat sich rumgetrieben, die Schule war ihm egal, er hat geraucht und getrunken und Drogen genommen. Schon mit fünfzehn, sechzehn. Er war von zu Hause abgehauen, war ihm zu spießig, hat er gesagt. Was nutzt einem die große Welt, wenn das Kind sagt, die ist ihm zu spießig, die große Welt, und abhaut? Mich hat er ausgelacht wegen meinem Hobby. Er war bekifft, ich hab es ihm nicht übel genommen. Dann ist er bei Nacht und Nebel wieder verschwunden. Irgendwann hat meine Exfrau mich angerufen und gefragt, ob ich wüsste, wo Benedikt steckt. Sie hat dann rausgefunden, dass er in Berlin ist. Und heute? Wie gesagt, Streetworker. Oder was anderes. Lisbeth war mal mit ihrem Mann zu Besuch in München, wir waren essen, er wollte ins ›Andechser am Dom‹ und in die Fünf Höfe. Haute Couture. Da hat mir Lisbeth erzählt, Benedikt wär jetzt Streetworker. Ich kann Ihnen nicht sagen, warum ich das nicht geglaubt hab. Ich glaub es bis heut nicht. Ich denk selten an ihn, fast nie. Merkwürdigerweise hab ich gestern an ihn gedacht, gestern kurz vor der Tankstelle, wo der Stau war, kurz bevor ich das Mädchen gesehen hab. Wer weiß, wenn ich nicht an Benedikt gedacht hätte, wär mir das Mädchen womöglich gar nicht aufgefallen.«

»Um wie viel Uhr haben Sie das Mädchen gesehen, Herr Sigburg?«

Anmerkung: Die Vernehmung muss kurz unterbrochen werden, da ein Mitarbeiter des ED ein Foto bringt, das Hauptkommissar Süden in Empfang nimmt. HK Süden wiederholt seine vor der Unterbrechung gestellte Frage.

»Nach halb sechs. Um halb kommen die Verkehrsmeldungen im Radio, und das war wenig später. Ich erinnere mich, weil ich noch gedacht hab, so ein Stau auf der Wolfratshausener Straße wird natürlich wieder nicht gemeldet.«

»Wo genau war der Stau?«

»Vor der Tankstelle, nahe der Einmündung der Ludwigshöher Straße. Da ist doch gegenüber eine Tankstelle, es war Feierabendverkehr, und zwei Autos sind zusammengestoßen. Nichts Dramatisches, ich hab nichts erkennen können, einer wollte einbiegen, der andere wollte rausfahren, ein Dritter kam aus Richtung München und hat nicht aufgepasst, ich weiß nicht genau. Zwei Männer, eine Frau. Sie haben sich angeschrien, ihre Autos standen im Weg, niemand kam vorbei.«

»Wo stand der silbergraue Audi, den Sie gesehen haben?«

»Auf der Ludwigshöher. Der Fahrer war ausgestiegen und kniete neben der Beifahrertür, die offen war. Er redete mit einem Mädchen, mit seiner Tochter.«

»Woher wissen Sie, dass es seine Tochter war?«

»Das sah so aus. Er hat sie geküsst und ihre Hand gehalten.«

»Warum, glauben Sie, ist er ausgestiegen? Er hätte auch im Auto mit ihr sprechen und sie küssen können.«

»Hab ich nicht drüber nachgedacht. Aber Sie haben Recht.«

»Können Sie sich erinnern, welche Kleidung das Mädchen trug?«

»Ja, deshalb hab ich mich auch gemeldet, als ich die Nachricht im Radio gehört hab. Sie trug eine rote Jeansjacke mit Pelzkragen, die hab ich deutlich sehen können. Und Jeans, glaub ich. Da bin ich mir aber nicht sicher.«

»Wie lange haben Sie den beiden zugesehen?«

»Eine oder zwei Minuten. Ich hab dann Zeitung gelesen. Und als ich wieder rausgeschaut hab, war das Auto weg.«

»Der silbergraue Audi.«

»Ja.«

»Und das Mädchen auch.«

»Die war doch im Auto.«

»Haben Sie gesehen, ob sie vorher mal ausgestiegen ist?«

»Ja. Ja, hab ich!«

»Wann vorher, Herr Sigburg?«

»Vorher. Nachdem der Vater mit ihr gesprochen hatte. Er wollte gerade wieder einsteigen, auf der Fahrerseite, da ist sie ausgestiegen und hat mit den Füßen aufgestampft und geweint, glaub ich.«

»Was hat der Mann dann getan?«

»War es nicht ihr Vater?«

»Beschreiben Sie ihn bitte.«

»Anfang dreißig, Lederjacke, Schnauzbart, Stoppelfrisur.«

»Das Mädchen hat geweint.«

»War es ihr Vater? Ja, das Mädchen hat geweint, er hat es getröstet.«

»Wie?«

»Bitte?«

»Wie hat er das Mädchen getröstet?«

»Er hat ihr über die Wange gestreichelt.«

»Sonst nichts?«

Anmerkung: Der Zeuge denkt lange nach.
»Nein, sonst nichts. Er hat dagestanden, vor ihr, ich hab sie nicht sehen können, dann ist er eingestiegen und sie auch.«
»Das haben Sie alles innerhalb von zwei Minuten beobachtet?«
»Möglich, dass ich doch länger hingesehen hab. Aus Langeweile. Es ging ja nichts vorwärts.«
Anmerkung: HK Süden legt dem Zeugen ein Foto von Nastassja Kolb vor.
»Ist das das Mädchen, das Sie gesehen haben?«
»Ja.«
»Sind Sie sicher?«
»Ja.«
Anmerkung: HK Süden legt dem Zeugen ein Foto des Tatverdächtigen Kolb vor, das der Erkennungsdienst angefertigt hat.
»Ist das der Mann, den Sie an dem silbergrauen Audi gesehen haben?«
»Sieht aus wie ein Fahndungsfoto. Ja, das ist der Mann.«
»Sind Sie sicher?«
»Ja.«
»Wenn Sie sich die Situation, die Sie beobachtet haben, noch einmal vor Augen führen, wie würden Sie sie interpretieren, was ist Ihrer Meinung nach passiert?«
»Ein Streit zwischen Vater und Tochter. Ist es denn der Vater gewesen? Oder dürfen Sie das nicht sagen?«
»Ihrer Beschreibung nach könnte es der Vater gewesen sein.«

»Bin ich der einzige Zeuge?«

»Bitte beantworten Sie meine Frage. Was ist zwischen den beiden vorgefallen?«

»Sie haben sich gestritten. Das war offensichtlich. Der Vater hat sich bemüht, sie zu beruhigen. Sehr eng scheint das Verhältnis nicht zu sein. Das Mädchen hatte die Hände die ganze Zeit in den Hosentaschen, das fällt mir jetzt ein.«

»Sie haben gesagt, er hat ihre Hand gestreichelt.«

»Ja. Jetzt weiß ich es wieder: Er hat sie am Handgelenk genommen und ihre Hand aus der Tasche gezogen. So war das! Und dann hat er sie getätschelt und dann hat sie die Hand wieder in die Tasche gesteckt. Ja. Also, da war eine Distanz. Mehr kann ich nicht sagen. Wie alt ist das Mädchen?«

»Sechs Jahre.«

»Sechs erst. Und schon so selbstbewusst. Oder eigensinnig. Stur. Schon mit sechs. Die Kinder werden immer früher eigenständige Wesen, da sind Sie als Eltern nur noch Statisten. Sechs Jahre! Als ich sechs war, war ich aus heutiger Sicht ein Baby, eingeschüchtert von den Erwachsenen, ich hab nur geredet, wenn ich gefragt wurde.«

»In welcher Richtung stand das Auto, Herr Sigburg?«

»Jetzt fällt es mir ein. Das Auto stand zuerst in Richtung Innenstadt. Aber dann muss er umgedreht haben. Denn er konnte doch nicht in die Wolfratshausener Straße einbiegen, weil Stau war. Und er war ja weg. Er muss zurückgefahren sein, die Ludwigshöher in die andere Richtung.«

»Sind Sie sicher?«
»Gesehen hab ich es nicht.«
»Er könnte sich also auch in den Stau eingeordnet haben.«
»Ja, aber das ist unwahrscheinlich. Wir standen ja alle, da ging nichts vorwärts. Er ist garantiert zurückgefahren.«
»Wie lange dauerte der Stau?«
»Eine Viertelstunde, mein ich.«
»In dieser Zeit haben Sie den silbergrauen Audi oder das Mädchen mit der roten Jeansjacke nicht mehr gesehen.«
»Nein.«
»Sind Sie sicher?«
»Absolut sicher.«

Bevor ich in die Josephinenstraße zu Nastassjas Großeltern, ihrem Bruder und Sonja Feyerabend fuhr, sah ich noch einmal nach Martin. Als Erstes fiel mir auf, dass die Zigaretten vom Boden verschwunden waren, Martin lag nicht mehr im Bett, und ich hörte Geschirrklappern aus der Küche.
Nur mit einer grünen, fleckigen Trainingshose bekleidet, spülte er Tassen und Teller ab, die mir vorhin nicht aufgefallen waren, und in seinem Mund steckte eine brennende Salem ohne. Ich sagte nichts zu ihm, er wandte sich nicht nach mir um, und ich setzte mich an den runden Tisch am Fenster. Nachdem er sich die Hände abgetrocknet und die Zigarette in einem frisch gespülten Aschenbecher ausgedrückt hatte, setzte Martin sich mir gegenüber hin. Seine blasse Haut spannte über den

hervorstehenden Rippen, er schien noch schmaler geworden zu sein, seine Wangen waren eingefallen, seine wenigen Haare formten sich zu einem armseligen Nest, seine knochigen Finger zitterten. Ich wollte ihn nicht fragen, warum er sich nicht ein Hemd und Socken anzog. Ich wollte ihn nichts fragen. Wenn er nichts sagte, würde ich wieder gehen.

Er schaute mich an. Und in seinem Blick lag das ganze verfluchte Scheitern eines Mannes, der mein bester und ältester Freund war. Wir kannten uns, seit wir fähig waren zu schauen, zu sprechen und zu kämpfen, wir hatten uns gegenseitig aufgeklärt und am Schwanz gezogen, um zu testen, ob er hart wurde. Da waren wir fünf Jahre alt gewesen, und das Glück existierte von dem Moment an, wenn wir uns morgens am Schuppen mit den Hühnern und Schweinen trafen. Jeder Tag verkündete am Ende eine Zukunft, und wir waren uns unserer Unsterblichkeit bewusst. Wenn es nach mir gegangen wäre, hätte mir Martin Heuer als Freund gereicht, andere Menschen interessierten mich nicht, abgesehen von den Mädchen, für die wir beide vorübergehend unsere Freundschaft pausieren ließen, um als einsame Helden zu triumphieren. Für Martin hatte ich gelogen, und er für mich, unsere Alibis waren ausgereift, und wenn wir voll wütender Trauer von einem fehlgeschlagenen Beutezug in unser Stallversteck zurückkehrten, trösteten wir uns mit der Vorstellung, dass Mädchen, die ohne uns zurechtkommen wollten, als Nonnen oder Frau Ginger enden würden. Frau Ginger lebte allein in einem alten Haus am Taginger See, sie hatte einen Schnurrbart und behaarte Beine, und wenn man das verwilderte Grundstück betrat, auf dem ihr vermodertes Haus stand, krächzte sie aus dem offenen Fenster Worte, die wir nicht verstanden, und immer trug sie eine graue Bluse, bis oben zugeknöpft und ohne die geringsten Brüste darunter. Sie war aber ein weibliches Wesen, und Mädchen, die uns verschmähten, würden hundertprozentig als Frau Ginger enden oder, wenn sie sehr viel Glück hatten, als Nonnen wie die, die den Kindergarten leiteten.

Er schaute mich an, über den Tisch hinweg wie über ein ausgetrocknetes Meer, und ich wollte ihn fragen, ob er sich an Frau Ginger erinnerte, aber er schaute mich immer weiter an, und in diesem Blick verreckte unsere Kindheit wie ein angeschossenes Reh im Wald über Taging, und ich wollte ihn fragen, ob er Hunger und Lust habe, mit mir zum Essen zu gehen, und ich wollte ihn fragen, wie es ihm gehe, und er hörte nicht auf, mich anzuschauen, und ich wollte das Meer überqueren und ihn in die Arme nehmen und vielleicht ein wenig wärmen, und dann hörte ich seinen Magen knurren, einem Hund gleich, der eine Höhle bewachte, die man nicht betreten durfte wie das Haus von Frau Ginger, und ich stand auf, drehte Martin den Rücken zu und schrie gegen die Wand, so laut und lange ich konnte.

Ich schrie aus vollem Hals, die Hände zu Fäusten geballt. Und als ich innehielt und mich umwandte, schaute Martin mich noch immer an, unbeweglich, mit demselben

Blick wie zuvor, als habe er mich nicht gehört, als nehme er mich nicht einmal wahr. In dieser Sekunde dachte ich, er wäre tot.

»Martin«, sagte ich mit einer Stimme, die aus den Resten meines Schreis bestand.

Ohne Regung im Gesicht sagte er: »Du musst los. Du musst das Mädchen finden.«

Vor dem Haus lehnte ich mich an die Wand, verschränkte die Arme, legte den Kopf in den Nacken und schloss die Augen. Auf dem Nachbargrundstück begann eine Säge zu kreischen. Es hörte sich an wie das lächerliche Echo meines Schreis.

»Wo ist der Junge?«, fragte ich.

»Schließt sich im Zimmer ein. Bringen Sie ihn dazu aufzumachen.«

Seit ich die Wohnung der Familie Kolb betreten hatte, bestimmte der achtundsiebzigjährige Friedbert Hegel den Ton des Gesprächs. Missmutig hatte er Sonja und mich beobachtet, als wir uns zur Begrüßung auf beide Wangen küssten und uns länger ansahen, als er es vermutlich für dienstlich angemessen fand. Seine Frau, Waltraud Hegel, weißhaarig, braunes, teures Kostüm, goldene Ringe an den Fingern, hielt sich im Hintergrund, gerade so weit von uns entfernt, dass sie noch jedes Wort verstehen konnte. Es war, als behielte der ehemalige Gymnasiallehrer Sonja und mich im Auge und Waltraud Hegel wiederum ihren Mann.

»Wie geht es meiner Tochter? Ist sie wach? Kann man zu

ihr?« Hegel sprach ausschließlich in diesem Duktus, fordernd, manchmal auf unterschwellige Art anklagend, und ich war mir nicht sicher, ob ihm bewusst war, wie er sich mir und Sonja gegenüber benahm. Vermutlich folgte er einer Gewohnheit, und es wäre sinnlos gewesen, sich dagegen zu verwahren. Friedbert Hegel trug einen dunklen, gut geschnittenen Anzug, eine dunkelrote Krawatte und glänzende schwarze Lederschuhe. Das Ehepaar wirkte, als habe es sich für einen Theaterbesuch herausgeputzt.

»Das Krankenhaus meldet sich, wenn es etwas Neues von Ihrer Tochter gibt«, sagte ich.

»Es wäre doch besser, du würdest hinfahren«, sagte Hegel mit einem kurzen Blick auf seine Frau.

»Erst wenn wir mit Fabian gesprochen haben«, sagte sie.

»Gehen Sie bitte ins Wohnzimmer«, sagte ich vor der verschlossenen Tür von Fabians Zimmer.

»Er macht einfach nicht auf«, sagte Hegel. »Seine Schwester ist spurlos verschwunden, und er spielt den Beleidigten. Sie müssen die Tür aufbrechen, anders hat das keinen Zweck. Der Junge darf sich so nicht verhalten.«

»Warten Sie im Wohnzimmer«, sagte ich. »Fabian?«, sagte ich dann, nachdem Sonja die Wohnzimmertür hinter sich zugezogen hatte. »Ich bin Tabor Süden, der Polizist. Ich will dir etwas sagen. Wir haben einen Zeugen gefunden, der deine Schwester gestern gesehen hat, und zwar zusammen mit deinem Vater. Ist das möglich? Du musst mir helfen. Bei solchen Fällen tauchen immer Trittbrettfahrer auf, die Zeug erzählen, man weiß nie genau, mit wem man es zu tun hat. Ich mache mir große Sorgen um deine Schwester. Können wir uns unter vier Augen unterhalten? Ohne deine Großeltern und meine Kollegin. Was du mir sagst, ist vertraulich. Du bist ein wichtiger Zeuge, auch wenn du wenig gesehen hast. Außerdem musst du zu deiner Mutter ins Krankenhaus. Mir wäre es lieber, du würdest hingehen und nicht deine Großeltern. Schaffst du das? Ich kann dich begleiten, wenn du möchtest.«

Ich hörte, wie Fabian den Schlüssel im Türschloss drehte. Er zog die Tür einen Spaltbreit auf. Sein Gesicht war ein fahler Planet aus Müdigkeit.

»Hallo«, sagte ich.

Der Junge spähte an mir vorbei in den Flur.

»Sie sind im Wohnzimmer«, sagte ich leise. »Meine Kollegin passt auf deine Großeltern auf. Lass mich schnell rein, dann kannst du wieder absperren.«

Nach einem Moment machte er einen Schritt zur Seite, ich betrat das Zimmer, und er drehte wieder den Schlüssel herum. Dann ließ er sich aufs Bett fallen, das Gesicht im Kissen. Die Luft war abgestanden, und es roch nach Schweiß.

»Stört es dich, wenn ich das Fenster aufmache?«, sagte ich.

Er reagierte nicht, und ich ging hin und öffnete es. Die Luft war kühl. Abendlicht fiel ins Zimmer. Ich stellte mich an die Tür, schräg gegenüber dem Bett.

»Der Zeuge, von dem ich dir erzählt habe, klang überzeugend«, sagte ich. »Ein überzeugender Zeuge also.«

Fabian drehte den Kopf zur Wand, seine Haare waren ungewaschen und strähnig, und seine nackten Füße sahen schmutzig aus.
»Wir haben deinen Vater vorübergehend festgenommen. Ich weiß, dass er mir etwas verschweigt, aber er verbringt lieber das Wochenende in einer Zelle, als dass er den Mund aufmacht. Erkläre mir, was das bedeutet. Du kennst ihn besser als ich.«
Fabian murmelte etwas, das ich nicht verstand.
»Der Typ ist mir egal«, sagte er, nachdem ich nachgefragt hatte.
»Er lügt.«
Fabian hob den Kopf, sah zu mir her und ließ den Kopf, das Gesicht jetzt mir zugewandt, wieder sinken.
»Warum lügt er?«, sagte ich. »Das ist doch riskant für ihn.«
Dann schwiegen sie eine Weile.
»Sind Sie schon lange bei der Polizei?«, fragte Fabian.
Ich sagte: »Fünfundzwanzig Jahre.«
»Ist das nicht langweilig?«
»Nein«, sagte ich. »Es ist mein Beruf.«
»Wollten Sie immer schon Polizist werden?«
»Ich wusste nicht, was ich werden sollte.«
Nach einer Weile sagte Fabian: »Vielleicht werd ich auch Polizist. Dann kann ich so Leute wie meinen Alten einsperren.«
»Ich habe deinen Vater nicht eingesperrt, ich habe ihn nur vorübergehend festgenommen. In zwei Tagen ist er wieder frei.«

»Warum denn?« Fabian richtete sich auf und lehnte sich an die Wand und sah mich mit grimmigem Gesicht an.

»Wir können ihm nicht beweisen, dass er etwas Schlimmes getan hat.«

»Und was ist mit dem Zeugen? Oder haben Sie mich angelogen?«

»Ich lüge dich doch nicht an«, sagte ich und schwieg.

Er musterte mich und zog die Augen zu Schlitzen zusammen.

»Der Zeuge behauptet, er hat deinen Vater und deine Schwester gesehen. Gestern am späten Nachmittag in der Ludwigshöher Straße. Er ist bisher der einzige Mensch, der die zwei gesehen hat.«

»Ich hab sie auch gesehen«, sagte Fabian.

Scheinbar achtlos fragte ich: »Deinen Vater und deine Schwester zusammen?«

»Ihn hab ich gesehen, sein Auto, ich habs vom Fenster aus gesehen, er ist vorbeigefahren. Er hat auf Nasti gewartet.«

»Er wollte mit ihr ins Schwimmbad.«

»Klar.« Fabian kratzte sich am Oberschenkel und anschließend in den zerzausten Haaren.

»Hast du gesehen, wie deine Schwester ins Auto gestiegen ist?.«

»Hab ich nicht«, sagte er heftig. »Aber sie ist bestimmt eingestiegen. Und dann ist sie wieder ausgestiegen.«

»Woher weißt du das?«

»Weil ich das weiß.«

»Du hast mir sehr geholfen, Fabian. Willst du jetzt zu deiner Mutter ins Krankenhaus?«

Er sah aus, als sei er verblüfft darüber, dass ich ihn nicht weiter ausfragte. Er warf einen Blick auf seine breite Armbanduhr und zog wieder die Augen zusammen. Natürlich hätte ich ihn weiter befragen müssen, doch ohne elterlichen Beistand waren seine Aussagen nicht gerichtsverwertbar. Also hoffte ich, er würde von sich aus mehr erzählen.

Ich schwieg. Er hob den Kopf.

»Ich weiß nur, dass er Nasti abgeholt hat«, sagte Fabian. »Und mehr weiß ich nicht.«

Ich überlegte, ob er das Lügen von seinem Vater vererbt bekommen hatte.

9

Alle fünfzehn Minuten klingelte jemand an der Wohnungstür, Reporter, die allen Ernstes hofften, wir würden ihnen öffnen. Gelegentlich hörten wir vom Wohnzimmer aus, das im hinteren Teil des Hauses lag, ein Klopfen gegen die geschlossenen Fensterläden auf der Frontseite. Sollte ein Journalist es wagen, den Garten zu betreten, würde er von meinen uniformierten Kollegen, die mit zwei Streifenwagen vor dem Grundstück warteten und ähnliche Situationen schon erlebt hatten, sofort zurückgedrängt werden.

Eine Hundertschaft von Bereitschaftspolizisten hatte im Lauf des Tages die Gegend, vor allem den Wald oberhalb der Bahnlinie, durchstreift, eskortiert von zwei Hundeführern und einem Hubschrauber, der drei Stunden lang über der Ludwigshöhe kreiste. Noch legitimierte Volker Thon den Großeinsatz mit »Verdacht auf Entführung«, sämtliche Aktionen glichen denen bei einem Kapitaldelikt, das Auffinden des Kindes galt als oberstes Ziel, das Auswerten und Einordnen meiner Vernehmungen fanden vorübergehend im Windschatten der Suche statt. Gegen Ende des Tages, nachdem der Einsatz von Wärmebildkameras, Videos und Hunden keinen Erfolg gebracht und sich nach wie vor kein weiterer Zeuge mit einer brauchbaren Aussage gemeldet hatte, setzte Thon eine Besprechung an. Er wollte einen Teil der bisherigen Spuren mit den Ergebnissen der Befragungen vergleichen, speziell bezogen auf das undurchschaubare und egoistische Verhalten der Eltern Nastassjas und ihres Bruders, zu dessen Deutung die Großeltern weitere dunkle Mosaiksteine hinzufügten.

»Der Mann wollte unsere Tochter zweimal zu einer Abtreibung zwingen«, sagte Friedbert Hegel.

Ich sagte: »Hat Ihre Tochter Ihnen das erzählt?«

»Sie hat es angedeutet«, sagte Hegel. »Sie wollte nicht darüber sprechen, das ist doch verständlich. Verstehen Sie das nicht? Was für eine Demütigung.«

»Haben Sie mit Ihrer Tochter über dieses Thema gesprochen, Frau Hegel?«, sagte Sonja, die sich in den Korbstuhl gesetzt hatte, weil ihr die anderen Stühle zu hart waren. Ich sah ihr an, wie schwer es ihr fiel, sich nach sechsunddreißig Stunden ohne Schlaf zu konzentrieren. Mir ging es ähnlich.

»Antworte bitte«, sagte Hegel. Seine Frau hatte ihm, wie auch Sonja und mir, Kaffee eingeschenkt, aber er hatte keinen Schluck getrunken, während sie ihre Tasse mit wenigen Schlucken geleert hatte.

»Als Fabian zur Welt kam, war sie sehr glücklich«, sagte Waltraud Hegel.

»Aber wie lange!« Hegel machte eine abweisende Geste. »Der Mann hat sie nie unterstützt. Hat sie allein gelassen. Ich hab ihn zur Rede gestellt. Wissen Sie, was er zu mir gesagt hat? ›Verzieh dich!‹ Hören Sie? ›Verzieh dich!‹ Sagt er mir ins Gesicht. Früher haben schon mal Schüler derartige Bemerkungen gemacht, die hab ich zurechtgewiesen. So was haben sich die nie wieder getraut.«

»Wie haben Sie die Schüler zurechtgewiesen?«, sagte ich.

»Ohrfeige links, rechts. Erledigt, die Sache.«

»Das hättest du jetzt besser für dich behalten«, sagte Waltraud Hegel.

»Ich verrate Ihnen mal was«, sagte Hegel, ohne auf den Einwand seiner Frau einzugehen. »Wenn ein Schüler mich angelogen hat, hab ich mich mit ihm ins Lehrerzimmer gesetzt, nachmittags, nach dem Unterricht, wenn wir allein waren, und dann hab ich ihn bearbeitet.«

Seine Frau wollte etwas sagen, entschied dann aber, sich Kaffee nachzugießen. Sonja hatte wie ich den Kopf geschüttelt, als die alte Dame die Kanne gehoben und uns einen Blick zugeworfen hatte.

»Das waren die berühmten Hegel-Verhöre am Theresiengymnasium. Davon sprechen die Kollegen heute noch. Wen ich verhört habe, der hat gestanden. Keine lauten Töne. Ich hier, der Schüler mir gegenüber, Tisch dazwischen. Nach spätestens zwei Stunden brach jeder zusammen, auch die abgebrütesten Typen. Sie verstricken sich immer mehr in Lügen, und wenn Sie einmal ihre Lügentechnik durchschaut haben, ist das Verhör praktisch schon zu Ende. Sie erfahren alles, was Sie wollen. Jeder, der zu mir zum Verhör musste, wusste, dass er keine Chance hatte, aber sie versuchten es trotzdem, es gab immer einen, der glaubte, er wär oberschlau und ganz gerissen. Keiner hat es geschafft. Nicht ein Einziger in achtundzwanzig Jahren.«

»Haben Sie Ihre Tochter auch verhört?«, sagte ich.

»Medy?« Für einen kurzen Moment geriet er aus dem Konzept. Er griff nach der Kaffeetasse, hielt den Blick gesenkt und lehnte sich zurück. »Das kam vor. Früher. Während ihrer Schulzeit. Sie hatte schwierige Phasen, hab ich Recht, Traudl? Sie war nicht immer einfach.«

»Später haben Sie sie nicht mehr verhört«, sagte ich.

»Selbstverständlich nicht. Ich verhör doch nicht meine erwachsene Tochter! Selbstverständlich nicht. Worauf wollen Sie hinaus?«

»Haben Sie nicht mit ihr gesprochen, als sie Torsten Kolb heiratete, einen Mann, der Ihnen nicht gefiel?«

»Wir haben beide mit Medy gesprochen«, sagte Waltraud Hegel, die kurz davor war zu weinen. »Sie war nicht davon abzubringen. Es war ihre Entscheidung, und wir akzeptierten sie. Was auch sonst?« Sie blickte stumm in die leere Tasse.

»Und als Ihre Tochter schwanger wurde?«, sagte Sonja. »Hat sie Ihnen dann gesagt, ihr Mann möchte, dass sie das Kind abtreiben lässt?«

»Ich weiß nicht mehr«, sagte Waltraud Hegel.

»Sie hat es angedeutet«, sagte ihr Mann.

»Wie hat sie es angedeutet?«, sagte ich.

Hegel verstummte.

»Und bei Nastassja hat sie ähnliche Andeutungen gemacht?«, fragte Sonja.

Das Ehepaar schwieg.

Ich sagte: »Seit wann trinkt Ihre Tochter und nimmt Tabletten?«

»Seit sie verheiratet ist«, sagte Hegel mit bellender Stimme. »Der Kerl hat sie von Anfang an erniedrigt. Missachtet. Misshandelt.«

»Bitte, Friedbert«, sagte seine Frau.
»Was meinen Sie mit misshandelt?«, fragte Sonja.
Hegel zeigte mit dem Finger auf sie. »Was glauben Sie? Was heißt in Ihren Augen misshandelt? Was heißt das, Frau Feyerabend?«
»Bitte, Friedbert«, sagte seine Frau noch einmal, diesmal etwas leiser, weniger eindringlich als zuvor.
»Meinen Sie sexuell misshandelt?«, fragte Sonja.
»Der Mann ist schuld, dass unsere Enkelin verschwunden ist« Hegel warf seiner Frau einen harten Blick zu, und als er bemerkte, wie sie ihre Tränen unterdrückte, beugte er sich vor und klopfte ihr beruhigend auf die Hand.
»Ich glaub auch, dass er sie entführt hat, Herr Kommissar«, sagte sie.
»Was für ein Motiv könnte er haben?«, sagte ich.
»Bestrafung«, sagte Hegel.
Sonja, die einen Schreibblock auf den Knien liegen hatte, machte sich Notizen. Auch ich schrieb das eine oder andere Stichwort in meinen kleinen Spiralblock. Aus unseren Aufzeichnungen würden wir später im Dezernat ein Vernehmungsprotokoll anfertigen.
Ich sagte: »Warum will Torsten Kolb Ihre Tochter bestrafen?«
»Weil sie nicht gefügig ist«, sagte Hegel. »Sie ist selbstständig. Sie braucht ihn nicht. Das weiß er. Das ärgert ihn. Und jetzt rächt er sich an ihr.«
»Warum lässt sich Ihre Tochter nicht scheiden?«, fragte Sonja.
»Wenn ich das wüsste«, sagte Hegel.

»Wo könnte er Ihre Enkelin versteckt halten?«, sagte ich.
»Der hat doch Freunde. Die helfen ihm alle. Diese Autohändler da in Laim. Oder seine Familie!«
»Sie trauen seiner Familie zu, seine entführte Tochter zu verstecken?«, sagte ich.
»Das traue ich denen zu!«
»Bitte, Friedbert.« Mit einem weißen Stofftaschentuch tupfte sich Waltraud Hegel die Nase und dann die Augen ab. Mit einem Mal wirkte sie maßlos traurig und verloren. Aus Fabians Zimmer war Musik zu hören, ein melodisch getragener Song.
»Bringen Sie uns unsere Enkelin zurück«, sagte Hegel. »Den Jungen haben wir schon verloren, der will mit uns nichts zu tun haben. Meine Frau leidet darunter sehr. Ich dagegen seh ihn mir an und denke: Wenn ich einmal mit ihm unter vier Augen reden könnte, so richtig unter vier Augen – ich hier, er da, leerer Tisch dazwischen –, dann wär vielleicht noch was zu machen aus ihm.«

Obwohl zwei Mitarbeiter der Sonderkommission den Vater von Torsten Kolb bereits vernommen hatten, beeilten Sonja und ich uns, an den wartenden Journalisten in der Josephinenstraße vorbeizukommen, um Nikolaus Kolb vor dem Hintergrund unserer aktuellen Gesprächsergebnisse noch einmal zu befragen. Er wohnte in Planegg, einem Vorort westlich von München, zusammen mit seiner zweiten Frau Mona, die sechsundzwanzig Jahre jünger war als er.
Vom Autotelefon aus erkundigte ich mich im Dezernat,

ob Torsten Kolb inzwischen seine Haltung geändert und sich vielleicht bereit erklärt habe, doch noch auszusagen.

»Er will warten, bis sein Anwalt am Montag aus dem Urlaub zurückkommt«, sagte Thon am Telefon. »Was ist mit dem Jungen? Bringt ihr ihn mit?«

»Nein«, sagte ich. »Im Moment sind zwei Kollegen von der Streife mit den Großeltern in der Wohnung. Wir entscheiden nach der Besprechung, wie wir mit ihm weiter verfahren.«

»Glaubst du ihm?«

»Ja.«

»Das heißt, der Tatverdacht ist untermauert. Mit Staatsanwalt Vester hab ich schon telefoniert, er ist zuständig für den Fall. Was ist mit Martin los?«

Das war eine beunruhigende Frage. »Warum?«

»Er hat angerufen, er sagt, es geht ihm besser. Ist er krank oder ist er nicht krank? Oder hat er gesoffen?«

»Nein. Er ist krank. Er will nur helfen.«

»Er soll zu Hause bleiben«, sagte Thon. »Das fehlt noch, dass er andere Kollegen ansteckt. Beeilt euch in Planegg! Laut Bericht der Kollegen ist der Vater nicht besonders ergiebig.«

Ich beendete das Gespräch und lehnte mich auf der Rückbank in die Ecke hinter dem Beifahrersitz. Sonja lenkte den anthrazitfarbenen Opel über die Boschetsrieder Straße in Richtung Garmischer Autobahn.

»Martin ist überzeugt, dass die Mutter mit dem Verschwinden ihrer Tochter zu tun hat«, sagte ich.

»Wann hast du mit ihm darüber gesprochen?«, sagte Sonja.
»Als ich bei ihm in der Wohnung war.«
»Das ist doch albern.« Ich ahnte, welche Meinung Sonja von Martins Verhalten hatte.
»Ich glaube ihm, er hat ein Gespür für solche Leute.«
»Er ist Alkoholiker.«
Sie hupte, bremste, jagte den Wagen über eine Kreuzung, deren Ampel dunkelgelb leuchtete. »Er hat kein Gespür mehr.«
»Er ist kein Alkoholiker.«
»Hör auf! Wir haben einen hochgradig Tatverdächtigen, und du nimmst deinen Freund in Schutz. Ich will davon nichts mehr hören. Verschon mich mit deinen Verteidigungsreden. Er ist ein Säufer und er gefährdet unsere Ermittlungen, er ist ein absolutes Risiko.«
»Und wenn Torsten Kolb nicht der Täter ist?«, sagte ich, entschlossen, ihr zu widersprechen, entgegen aller Überzeugung und Vernunft.
»Wer schweigt, lügt, Tabor.« Sie sah kurz in den Rückspiegel, aber ihr Blick erwischte mich nicht. »Solange ich Polizistin bin, hab ich noch keinen Verdächtigen, keinen einzigen, erlebt, der die Aussage verweigert hat und hinterher unschuldig war. Keinen. Und Torsten Kolb hat seine Tochter zu Hause abgeholt, wofür wir Beweise haben, wir haben zwei zuverlässige Zeugen, und er hat sie mitgenommen, und wir wissen nicht, was er mit ihr getan hat. Wir wissen nur, dass er uns angelogen hat, von Anfang an. Er hat uns ins Gesicht gelogen, und ich lass mir

nicht von einem Alkoholiker diesen Fall kaputtmachen. Das Mädchen ist sechs Jahre alt.«

»Ist mir egal, was du denkst«, sagte ich. »Wenn Martin sagt, die Frau ist die Hauptverdächtige, dann glaube ich ihm.«

»Du glaubst alles, was er sagt. Ihr seid Freunde, eure Freundschaft ist was Heiliges, dafür setzt ihr euern Beruf aufs Spiel, wenns sein muss. Das sind Kinderspiele von Männern. Dieser Mann, Tabor, ist ein Wrack, er braucht Hilfe, und zwar medizinische und psychologische Hilfe. Ich kann ihm nicht helfen, und du kannst es auch nicht. Sieh das doch ein. Ich weiß, du verteidigst ihn, ich versteh das auch, du lügst Thon an, glaubst du wirklich, er nimmt dir ab, dass Martin krank ist? Er hat nur keine Zeit, sich mit dir auseinander zu setzen, und schon gar nicht mit Martin. Mach dir doch nichts vor.«

»Hat er dir gesagt, du sollst mit mir reden?«, sagte ich.

Sie stieg auf die Bremse, fuhr den Wagen an den Straßenrand, stellte den Motor ab und riss die Fahrertür auf.

»Steig aus. Du sollst aussteigen.«

Draußen standen wir uns gegenüber, zwischen uns das Auto.

»Martin Heuer ist ein kaputter Mann«, sagte sie laut und unangenehm. »Und wenn du ihn weiter in Schutz nimmst, hast du ein Problem mit mir. Ich kann nämlich so nicht arbeiten. Ich will nicht jeden Tag einem Mann begegnen, der wie ein wandelnder Leichnam durchs Dezernat torkelt, ich will ...«

»Er torkelt nicht«, sagte ich. »Er torkelt nie.«

»Es gibt Dinge, die sind wichtiger als die Sauferei deines besten Freundes. Und ich garantiere dir, wenn dieses sechsjährige Mädchen stirbt, weil wir schlampig gearbeitet haben, weil dein bester Freund Mist gebaut hat, weil du dich mehr um ihn kümmerst als um den Fall, dann werd ich mich von dir trennen. Und ich werd mich auch wieder versetzen lassen, denn ich hab keine Lust und keine Kraft, mit zwei Kerlen wie euch zusammenzuarbeiten. Ich geh zurück zum Mord, obwohl ich das nie mehr wollte. Immer noch besser als jeden Tag diesen lebenden Toten Martin Heuer und seinen Schatten, Herrn Süden. Du bist Polizist, Tabor, du bist Fahnder, du hast an eine Kindsvermissung zu denken und an nichts anderes, und wenn du das nicht kannst, dann musst du raus aus der Soko, dann mach Urlaub, fahr mit deinem Freund auf die Kanarischen Inseln – du fliegst ja nicht, hab ich vergessen. Dann fahr nach Rügen oder nach Sylt, lüfte deinen Kopf aus, nimm deinen Freund mit, kurier ihn aus, hör ihm zu, hör dir seine Theorien über Kindsentführungen an, mach, was du willst. Aber torpedier nicht unsere Arbeit. Es tut mir Leid, dass ich dich anschreie, ich möchte dich nicht verlieren, ich will diesen Fall klären, ich will diesen Mann überführen, der seine Tochter und seine Frau misshandelt, ich will, dass wir keine Zeit verlieren.«
Ich sah ihr blasses Gesicht und ihre Augen, über denen ein Schleier aus Erschöpfung und Müdigkeit lag, ich sah die Spitze ihrer Nase, die leicht nach oben zeigte, ihren Mund, ihre zitternden Lippen. Ich wollte etwas sagen,

aber Sonja war schon eingestiegen und ließ den Motor an. Autos fuhren vorüber, und auf dem gegenüberliegenden Bürgersteig stand eine alte Frau mit einem Rauhaardackel, beide reglos mir zugewandt, und bevor ich mich wieder in den Wagen setzte, winkte ich ihnen zu.

An den Dackel musste ich denken, als ich zwanzig Minuten später am Haus von Nikolaus Kolb klingelte und das Schild am Gartenzaun sah: »Obacht, Hund hat Migräne!«

10

Ihre Erkältung wurde schlimmer. Innerhalb von einer Stunde verbrauchte sie zwei Päckchen Papiertaschentücher, trank eine Kanne Kamillentee, und wenn sie husten musste, hielt sie sich beide Hände vor den Mund. Aber jemand musste das Protokoll führen, und Erika Haberl kannte Einzelheiten und Zusammenhänge, sodass sie sofort wusste, was sie mitzuschreiben hatte oder weglassen konnte, weil es sich um eine Wiederholung bereits verakteter Aussagen handelte.

»Hältst du seine Erklärung für glaubwürdig?«, sagte Thon, in dessen Büro die Besprechung an diesem Samstagabend stattfand. Außer ihm, Sonja, Paul Weber, Freya Epp und mir nahmen vier weitere Kollegen aus der Sonderkommission Nastassja daran teil. Auf dem Tisch standen Teller mit belegten Semmeln, zwei Kaffeekannen und etliche Wasserflaschen, doch keiner von uns hatte Hunger, nicht einmal Durst. Vorübergehend wich sogar die Erschöpfung aus den Gesichtern, und jeder am Tisch vermittelte den Eindruck, als sei er in der Lage, in kurzer Zeit die richtigen Schlüsse zu ziehen und das Mädchen auf schnellstem Weg zu finden.

»Sein Sohn hat sich nicht bei Nikolaus Kolb gemeldet«, sagte ich.

»Hast du mit seiner Frau gesprochen, Sonja?«

»Sie kümmert sich um das Möbelhaus und sonst nichts«, sagte sie. »Sie ist genauso alt wie Torsten Kolb, und die beiden haben sich nichts zu sagen. Sie behauptet, Torsten Kolb habe sie gebeten, das Haus zu verlassen, wenn er seinen Vater besucht.«

»Kontakt haben sie also«, sagte Paul Weber, dessen massiger Bauch gegen die Tischkante stieß. Wie immer bei solchen Zusammenkünften hatte er die Ärmel seines rotweiß karierten Hemdes hochgekrempelt, und man sah die grauen Haarbüschel auf seinen Unterarmen. Seine Ohren waren gerötet, und seine buschigen Augenbrauen beschatteten die aufmerksamen Blicke, mit denen er jeden, der gerade sprach, bedachte. Gern hätte ich mit ihm diesen Fall besprochen, ihn nach seiner Meinung und Interpretation gefragt, aber die Vernehmungen und mein Unterwegssein ließen mir keine Zeit dazu. Weber wäre auch der einzige Kollege im Dezernat gewesen, mit dem ich ohne Vorsicht über Martin Heuer hätte sprechen können.

»Sie spielen manchmal zusammen Karten«, sagte Sonja, die, seit wir uns in diesem Raum aufhielten, noch nicht ein Mal zu mir hergesehen hatte. In Kolbs Haus in Planegg hatten wir kaum ein Wort gewechselt, wir befragten das Ehepaar in getrennten Zimmern. Nicht einmal meine Bemerkung über die Schilder an fast jedem Zaun oder Haus konnte ihre Stimmung aufhellen. Entweder waren die Planegger leidenschaftliche Hundeliebhaber oder sie fürchteten sich ununterbrochen vor Vandalen aus den Nachbarorten Krailling oder Gräfelfing, anders konnte ich mir die Warnungen an den Grundstücken nicht erklären: »Hier wache ich« –

»Vorsicht, bissiger Hausherr« – »Vorsicht, Hund«. Beim Verlassen der Noackstraße bildete ich mir plötzlich ein, die wirklich gefährlichen Bestien lauerten hinter Hecken ohne ein Schild davor.

»Entschuldigung«, sagte Erika Haberl und nahm die Hände von der Nase und atmete durch den geöffneten Mund. »Wollen Sie Ihre Berichte heute noch diktieren?«

»Nein«, sagte Sonja.

»Nein«, sagte ich. »Wir haben keinen Zweifel daran, dass Nikolaus Kolb und seine Frau mit dem Verschwinden des Mädchens nichts zu tun haben. Wir schreiben das Protokoll morgen Früh.«

»Der Kreis engt sich also auf die Eltern ein«, sagte ein Kollege, dessen Name mir nicht einfiel, da er erst vor kurzem ins Dezernat 11 gewechselt war und bei den Todesermittlern arbeitete.

»Ich hab mit der ersten Frau von Nikolaus Kolb gesprochen, also der Mutter von Torsten«, sagte Freya Epp. Sie war eine ausgezeichnete Ermittlerin, und ihre Berichte lasen sich flüssig und spannend, wenn sie aber frei sprechen musste, noch dazu vor einer Gruppe, neigte sie dazu, sich kurios zu verheddern. »Andrea Kolb ... die hat einen Laden, sie verkauft Honig, also ...« Sie blätterte in ihrem Block, dessen Seiten sie mit auffallend großen Buchstaben gefüllt hatte. »Auf Märkten ... Sie hat auch einen Laden in Schwabing, in der ... in der ...«

»Ist egal«, sagte Volker Thon.

»Die hat was ... also dass ihr Sohn seine eigene Tochter

entführt haben soll, das hält sie für abwegig ... also darüber wollte sie nicht mal nachdenken, ich such ... Sie hat wenig Kontakt zu ihm ... In dieser Familie sind die Kontakte überhaupt sehr merkwürdig, oder? Hier hab ichs ... Der Sohn ... ihr Enkel, der Fabian, der Sohn von Torsten Kolb, der macht angeblich, also sagt Frau Kolb, die Mutter, der ...«

Der Kugelschreiber fiel ihr hinunter, sie bückte sich und dabei rutschte ihr die Brille von der Nase und blieb auf dem Tisch liegen. Die Gläser in der roten Fassung waren ziemlich dick.

»Hallo zusammen«, sagte Freya, als sie die Brille wieder aufsetzte und in die Runde blickte. »Der Fabian ... der soll, sagt Frau Kolb, so Spiele machen mit Plastiktüten über dem Kopf, wer am längsten die Luft anhalten kann und so ... Hat er wohl schon früher gemacht, als er jünger war, er war mal ... irgendwann ... Er war mal bei ihr in der Wohnung, ist schon Jahre her, da hat er das auch gemacht, sie ist ausgerastet, hat sie gesagt, sie hat ihm sogar eine Ohrfeige gegeben, da ist er weggelaufen, also, er ist dann auch ... Irgendwo stehts ...«

»Habt ihr darüber was gehört?«, fragte Thon.

Zum ersten Mal sah Sonja mich an.

»Nein«, sagte ich.

»Hat vielleicht nichts zu bedeuten«, sagte der Kollege, dessen Name mir nicht einfiel.

»Wir werden die Mutter und den Vater danach fragen«, sagte Thon.

»Wie geht es der Mutter?«, fragte Weber.

»Sie ist schwach«, sagte Thon. »Ich hab vorhin mit dem Klinikum telefoniert, sie würden uns mit ihr sprechen lassen, kurz, immerhin. Ich bin trotzdem dafür, bis morgen zu warten.«

»Warum?«, fragte ich.

»Holen wir den Ehemann nochmal zum Verhör?«, sagte Sonja. Ich konnte mich nicht erinnern, dass sie je das Wort Verhör benutzt hätte. Es gab Kollegen, die kein Problem damit hatten, die meisten, zu denen auch ich zählte, sprachen von Vernehmungen, weil für uns Verhöre nur im Dritten Reich stattgefunden hatten.

»Er wird die Aussage verweigern«, sagte Thon.

»Wir sollten ihn trotzdem holen«, sagte Sonja.

»Einverstanden?«

»Ja«, sagte ich. »Vorher fahre ich ins Krankenhaus zur Mutter.«

»Nimm Sonja mit.«

»Ich würde lieber hier bleiben und meine Berichte schreiben«, sagte sie. »Freya kann ihn begleiten.«

Es entging Thon nicht, dass sie in der dritten Person von mir gesprochen hatte.

»Spätestens Montag früh wissen wir, wo das Mädchen steckt, und ich wette, die Mutter oder der Vater werden uns zu ihr führen«, sagte der Kollege, dessen Name mir plötzlich einfiel: Horndasch.

»Die Hundertschaft geht morgen die Isar ab«, sagte Thon und kratzte sich mit dem Zeigefinger am Hals. »Und das Präsidium stellt uns einen zweiten Pressesprecher zur Verfügung. Wir können uns also ganz auf unsere Arbeit konzentrieren. Bring die Mutter zum Sprechen, Tabor! Wir dürfen keine Zeit verlieren.«

Aber wir verloren immer Zeit, bei jeder Kindsvermissung, wir hatten zu viele Wirklichkeiten zu durchdringen, zu viele Masken zu entlarven, zu viele Gesichter wieder herzustellen, die von Lügen und Lebenswunden verunstaltet waren, wir mussten die Wörter begreifen, die wir auf Hunderten von Seiten niederschrieben, als enthielten sie die Wahrheit oder eine Erkenntnis und nicht bloß, wie so oft, die Legenden selbst erschaffener Biografien. Und wenn es sich bei den Eltern eines verschwundenen Kindes um Machthaber der Liebe oder um gut geschminkte freundliche, im Alltag erprobte Verbrecher handelte, verloren wie doppelt Zeit. Besessen davon, schnellstmöglich Beweise zu beschaffen, arbeiteten wir uns von der Binnenwelt einer Familie zur Außenwelt vor und übersahen manchmal eine Geste, überhörten die Pause zwischen zwei Sätzen, richteten uns in unserer Erfahrung ein und misstrauten Impulsen, die uns zu gefühlig erschienen. Oft brachten wir auf diese Weise die Fahndung zu einem raschen Abschluss, fanden das Kind oder dessen Leichnam, überführten den Täter oder die Täterin, wandten uns einem neuen Fall zu. Und nach und nach wurden wir so zu wandelnden Archiven, Tragödien lagerten in uns, bizarre Schicksale, ungehörte Gebete, tonnenweise versteinerte Tränen. Wir machten immer weiter, wir fragten nicht lange, wir hatten keine Zeit zu verlieren.

»Kommen Sie«, sagte die Nachtschwester. »Ich bring Sie zu ihr. Übrigens hat sie Besuch.«

Sie hatten das Bett auf den Flur geschoben, damit ich allein mit ihr sprechen konnte. Als die Schwester, Freya Epp und ich durch die Tür traten, die sich automatisch öffnete, fuhr Fabian von seinem Stuhl hoch, den er neben das Bett gestellt hatte. Die Schwester ging in den Aufenthaltsraum, von wo aus sie uns im Auge hatte.

»Wie geht es Ihnen, Frau Kolb?«, fragte ich.

Sie nickte. Ihr Gesicht sah bleich und ausgezehrt aus, und ihre sonst welligen Haare fielen ihr strähnig übers Gesicht. Sie wischte sie mit einer schwerfälligen Geste beiseite und bemühte sich, ihren Sohn anzulächeln, was ihr schlecht gelang.

»Wir möchten gern allein mit deiner Mutter sprechen«, sagte ich zu Fabian.

Er zuckte mit der Schulter, steckte die Hände tief in die Taschen seiner viel zu großen Jeans und ging den Flur hinunter und durch die breite Glastür, die sich vor ihm öffnete, ins Treppenhaus. Ich deutete Freya an, sie solle sich setzen. Ihren Schreibblock auf den Knien, wandte sie sich Medy Kolb zu.

»Ihr Sohn hat gesagt, Nastassja hätte gestern Abend ihren Vater getroffen«, sagte Freya. »Wussten Sie das?«

Zuerst reagierte sie nicht. Dann sah sie zu mir, ich stand neben dem Bett zu ihren Füßen, sie schloss die Augen.

»Ein Zeuge hat sich gemeldet, Frau Kolb«, sagte ich. »Er

hat die beiden zusammen gesehen, Nastassja und Ihren Ehemann.«
Ich bemerkte, wie die Schwester hinter der Glasfront uns wachsam beobachtete.
»Wissen Sie von dieser Begegnung, Frau Kolb?«
Sie drehte den Kopf zur Wand, und wir warteten zehn Minuten auf eine Antwort.
Schließlich sagte ich: »Erholen Sie sich! Wenn Sie mit mir sprechen möchten, sagen Sie es der Schwester, die ruft mich an.«
Draußen vor dem überdachten Eingang des Krankenhauses zeigte Fabian auf den Fußweg zur U-Bahn. »Ich fahr zum Harras und von da darf ich mir ein Taxi nehmen.«
»Spar dir das Geld«, sagte ich. »Wir fahren dich nach Hause.«
»Ich fahr lieber mit der U-Bahn.«
»Heute fährst du ausnahmsweise mit uns, du musst auch nicht sprechen.«
Und das tat er dann auch nicht.

Und sein Vater genauso.
Beginn der Vernehmung: Samstag, sechster April, dreiundzwanzig Uhr.
Anmerkung: Der Tatverdächtige Torsten Kolb erklärt sich bereit, Hauptkommissar Süden aus der Unterbringungszelle ins Vernehmungszimmer zu folgen. Außerdem anwesend: HK Volker Thon und die Schreibkraft Haberl.

HK Thon: »Sie haben gestern Abend gegen siebzehn Uhr dreißig Ihre Tochter Nastassja getroffen und im Auto mitgenommen. Sie haben sich mit ihr gestritten. Dabei sind Sie beobachtet worden. Haben Sie also gestern Ihre Tochter von zu Hause abgeholt?«

Anmerkung: Der Tatverdächtige legt die Hände auf den Tisch und senkt den Kopf, ohne ein Wort zu sagen.

HK Thon: »Warum sind Sie hier, wenn Sie die Aussage verweigern?«

Anmerkung: Der Tatverdächtige starrt mit gesenktem Kopf auf den Tisch.

HK Süden: »Als Sie sich von Ihrer Tochter getrennt haben, hat sie noch gelebt.«

Anmerkung: Der Tatverdächtige hebt den Kopf und sieht HK Süden an, offensichtlich überrascht. Dann senkt er den Kopf wieder.

HK Süden: »Haben Sie Ihre Tochter an den Haaren gepackt und geschüttelt? So.«

Anmerkung: Nah vor dem Gesicht des Tatverdächtigen macht HK Süden mit erhobenem Arm und geballter Faust heftige Bewegungen, als würde er einen Haarschopf packen und den Kopf hin und her zerren. Er tut das so lange, bis der Tatverdächtige aufschaut. Seine Miene ist ernst und er scheint über etwas nachzudenken, er zieht die Stirn in Falten. HK Süden beendet die Demonstration. Der Tatverdächtige grinst.

HK Süden: »Sie waren gegen neunzehn Uhr dreißig im Dantebad, das haben Kollegen von mir rekonstruiert. Sie waren bis zwanzig Uhr dreißig im Schwimmbad und

sind hinterher in das dazugehörige Lokal gegangen, wo Sie eine Currywurst mit Pommes frites gegessen und drei Biere getrunken haben. Wo waren Sie anschließend?«
Anmerkung: Der Tatverdächtige verweigert die Aussage.
HK Süden: »Lieben Sie Ihre Tochter?«
Anmerkung: Der Tatverdächtige verweigert die Aussage.
HK Süden: »Lieben Sie Ihre Frau?«
Anmerkung: Der Tatverdächtige verweigert die Aussage.
HK Süden: »Lieben Sie Ihren Sohn?«
Anmerkung: Der Tatverdächtige verweigert die Aussage.
HK Süden: »Gibt es jemanden, den Sie lieben?«
Anmerkung: Der Tatverdächtige verweigert die Aussage.
Ende der Vernehmung: Samstag, sechster April, dreiundzwanzig Uhr dreißig.

Das rote Licht des Anrufbeantworters blinkte, aber ich kümmerte mich nicht darum. Im Zimmer mit den gelben Wänden, in dem nichts als ein alter Holzstuhl stand, zog ich mich aus, legte die Sachen über den Stuhl und stellte mich ans Fenster, als erwartete ich von der Welt einen Wink. So verharrte ich eine halbe Stunde oder eine Stunde in der Dunkelheit, überließ meine Gedanken sich selbst, zumindest bildete ich mir das ein, und drückte die Hände flach gegen die Fensterscheibe, bis die Kälte meinen ganzen Körper erfasst hatte. Dann ging ich in den Flur und drückte den Knopf des Anrufbeantworters, und auf dem Display leuchtete eine rote Acht.
Martin hatte achtmal angerufen und Zeug erzählt, von dem ich keinen zusammenhängenden Satz verstand, er

nuschelte, lallte, grunzte und gab Töne von sich, die sich anhörten wie von einer kaputten Trompete. Er beschimpfte Matrimonia Kolb, auch mich und Sonja, stieß Flüche aus und legte jedes Mal mitten im Satz auf.
Ich ging in die Küche und holte aus einem Werkzeugkasten einen Hammer und zertrümmerte mit drei Schlägen den Anrufbeantworter. Warum ich das tat, wusste ich nicht, es war eine Kettenreaktion, je länger ich Martin zuhörte, desto höher stieg eine schwarze Wut in mir. Spitze und eckige Teile spritzten vom Gerät, und ich ließ sie auf dem Boden liegen, räumte den Hammer weg und legte mich im anderen Zimmer aufs Bett und schlief bald ein.

Am Sonntagvormittag fuhr ich mit einem Taxi, dessen Fahrer mir erklärte, die Abschaffung der Todesstrafe in Deutschland sei der größte Fehler in der Nachkriegsgeschichte gewesen, zur Prinz-Ludwigs-Höhe, vorbei an lauernden Reportern und verlassenen Vorgärten, um mich im Wald oberhalb der Knotestraße umzusehen, in einem Gebiet, das die Hundertschaft bereits durchkämmt hatte. Ich hoffte nicht, eine Spur zu finden, ich wollte nur die Gegend sehen, in der Nastassja vielleicht verschwunden war. Außer mir war niemand unterwegs. Zunächst folgte ich einer ehemaligen Eisenbahnstrecke, angefüllt mit Schottersteinen, dann wandte ich mich dem Wald zu, dessen Boden von altem Laub übersät war. Umgestürzte Stämme lagen über den Wegen, und es roch nach Erde und Tannennadeln. Nach einigen

Metern stieß ich wieder auf die schienenlose Trasse, die an einem Zaun aus dicken verwitterten Brettern endete, daran hing ein rundes, verrostetes Schild mit einem roten Kreis, das eine Figur mit ausgebreiteten Armen zeigte. Es war nicht schwierig, neben dem Zaun auf die Brücke dahinter zu klettern, auf der einige Bohlen durchgebrochen und noch Reste der alten Gleise zu sehen waren. Darunter verlief die neue Bahnlinie. Die Stelle schien mir ein idealer Spielplatz für Abenteuer suchende Kinder zu sein. In der Nacht wäre es lebensgefährlich, sich hier herumzutreiben. Als ich in den Wald zurückkehrte, kamen mir zwei Männer entgegen, und ich griff in die Innentasche meiner Lederjacke.

»Was machen Sie hier?«, fragte einer der beiden, der ungefähr so schlecht rasiert war wie ich und eine braune Wildlederjacke trug.

Ich hielt ihm meinen blauen Dienstausweis hin.

»Kollege Süden.«, sagte der Mann. »Jetzt erkenn ich Sie! Megele, das ist der Kollege Schell.«

Wir schüttelten uns die Hände. Die beiden waren Mitglieder der Sonderkommission und stammten nicht aus dem Dezernat 11.

»Hier ist alles ruhig«, sagte Megele.

»Wer soll schon kommen, der Vater sitzt ja«, sagte Schell, der ein silbernes Kreuz als Ohrring trug.

»Nehmen Sie ihn heute dran?«, fragte Megele.

»Nein«, sagte ich. »Er hat noch eine zweite Nacht gut.«

Manchmal brachen Tatverdächtige, die sich bei den ersten Vernehmungen renitent oder arrogant gezeigt hatten, schon nach einer Nacht in der Zelle zusammen und waren bereit auszusagen, weil sie das Eingesperrtsein in dem engen Raum nicht ertrugen.

Bevor ich von der Ludwigshöhe nach Laim fuhr, rief ich im Dezernat an.

»Er hat den Mund aufgemacht«, sagte Volker Thon. »Er wollte nicht zurück in die Zelle.«

»Wo ist er jetzt?«

»Wieder drin.«

»Hat sich der Anwalt gemeldet?«

»Ja«, sagte Thon. »Er kommt einen Tag früher aus seinem Urlaub zurück, er hat sich für heute Nachmittag angekündigt.«

»Wir machen die Vernehmung morgen früh um acht«, sagte ich.

»Einverstanden. Ich informier Dr. Vester. Es haben sich neue Zeugen gemeldet, sie wollen das Mädchen gesehen haben, gestern Abend, die Kollegen sind alle draußen, das LKA streut die Fernschreiben über ganz Bayern. Ich bin aber nicht zuversichtlich, so ein kleines Mädchen, das läuft nicht rum ...«

»Ja«, sagte ich.

»Was glaubst du?«

»Ich bin so wenig zuversichtlich wie du.«

»Hast du Ärger mit Sonja?«

»Nein.«

Nach dem Gespräch, das ich von einer Telefonzelle aus geführt hatte, fuhr ich mit einem Taxi, dessen Fahrer mir erklärte, in italienischen Fußballstadien gebe es mehr

Nazis als in deutschen, in die Westendstraße zu der Audi-Niederlassung, in der Torsten Kolb als Betriebsleiter angestellt war. Ich wollte schauen.
Das Autohaus war ein einstöckiger weißer Flachbau an der Ecke zur Ludwigshafener Straße, mit einer Außentreppe und einem Rundgang. Es lag direkt an der Hauptstraße, auf deren Mittelstreifen die Straßenbahn nach Laim fuhr. In einer Umgebung von Busgaragen, Schrebergärten, Bürokomplexen, Baumärkten und grauen Fassaden klirrten vor dem Autohaus hölderlinartig drei Fahnen im Wind. Auf den Parkplätzen standen neue und gebrauchte Fahrzeuge mit Preisschildern hinter der Windschutzscheibe. Kaum jemand ging spazieren. Wie aus dem Nichts tauchten vereinzelt Paare unterschiedlichsten Alters auf und verschwanden in einer Nebenstraße. Natürlich bestand die Möglichkeit, in einem der Schuppen oder einer Baracke auf den Hinterhöfen ein Kind zu verstecken, doch ich glaubte nicht daran.
Ich hatte nur schauen und mir einen Eindruck von der Alltagsumgebung des Tatverdächtigen verschaffen wollen, und jetzt kam ich mir fehl am Platz vor, als hätte ich eine weitere Ausrede benötigt, um nicht in meiner Wohnung bleiben zu müssen, bei den Splittern meines zertrümmerten Anrufbeantworters und den Wänden, die näher kamen, wenn ich zu lange davorstand.
Den Rest des Sonntags verbrachte ich damit, Schweigen zu üben. Es gelang mir. Bei Sonja meldete ich mich nicht und sie sich nicht bei mir.

Am Montagmorgen um Punkt acht Uhr begann die erneute Vernehmung von Torsten Kolb, und ich hatte nicht verhindern können, dass Martin Heuer daran teilnahm. Fünfunddreißig Minuten später war ich auf der Flucht.

11

Neben Torsten Kolb saß sein Anwalt Dr. Sören Guus, braun gebrannt, die schmalen Hände vor dem Gesicht gefaltet. Kolb trug ein dunkles Sakko und darunter sein olivgrünes Sweatshirt. Martin Heuer, der den beiden gegenübersaß, trug ebenfalls ein Sakko; es war an den Ärmeln abgeschabt, am Rücken fusselig und eine Nummer zu groß. Erika Haberl, die wieder das Protokoll schrieb, hatte ein Nasenspray und drei Päckchen Taschentücher mitgebracht, ihre Erkältung war übers Wochenende stärker geworden, sie sah verquollen und erschöpft aus.

Ich stand vor dem Fenster, seitlich zum Tisch, und hatte meine Lederjacke nicht ausgezogen.

»Mein Mandant möchte eine Erklärung abgeben«, sagte Dr. Guus. »Darüber hinaus bittet er darum, dass Sie sich setzen.«

Im Vernehmungsraum hing ein Geruch nach billigem Rasierwasser, Parfüm, frischer Wäsche und Alkohol. Vielleicht war es der Moment, als ich die Spuren von Schnaps in der Luft wahrnahm, von dem an ich jede Bewegung, jede unbedeutende, gleichgültige Regung dieses Familienvaters mit distanzloser Genauigkeit registrierte, als hätte ich meine Entscheidung schon gefällt, viele Minuten bevor ein paar belanglose dumme Worte mich aus dem Gleis warfen.

Ich sagte: »Ich stehe lieber.«

»Mein Mandant bittet Sie darum, sich zu setzen.«

Ich schwieg.
»Wir warten auf die Erklärung Ihres Mandanten«, sagte Martin.
Ohne Martin oder Guus anzusehen, sagte Kolb: »Seinen Namen hab ich jetzt vergessen, wie heißt der?«
»Hauptkommissar Martin Heuer«, sagte Guus.
»Und wie heißt der nächstes Jahr?«, sagte Kolb mit einer Grimasse, als wäre er der Erfinder dieses Scherzes.
Das Sirren der Neonröhre und das Schniefen von Erika Haberl waren eine Weile die einzigen Geräusche.
»Sie sollten jetzt sprechen«, sagte Guus, an Kolb gewandt. Dieser nickte mehrmals und lehnte sich zurück. Dann schaute er zu mir.
»Obacht jetzt.«, sagte Torsten Kolb. Er zog die Augenbrauen hoch, fuhr sich mit dem Zeigefinger über den Schnurrbart, zupfte mit der linken Hand, deren Nägel abgekaut waren, am Kragen seines Sakkos. »Ich hab meine Nastassja am Freitag gesehen. Okay.«
»Wann genau haben Sie sie gesehen?«, sagte ich.
»Ausreden lassen.«
»Bitte«, sagte der Anwalt. »Herr Kolb möchte wirklich alles sagen, was er weiß. Sie brauchen nicht nachzufragen.«
»Wir fragen so oft nach, wie wir wollen«, sagte Martin.
»Wer spricht denn jetzt mit dir?«, sagte Kolb.
»Hören Sie auf, uns zu duzen«, sagte ich.
»Bitte, Torsten«, sagte Guus.
»Die wollen doch mir gar nicht zuhören! Die haben ja ihre Meinung schon im Kasten. Das sind Gesinnungspolizisten.

Die wollen mich verantwortlich machen, weil sie selber nicht klarkommen. Die sind zu blöd, meine Tochter zu finden, und jetzt soll ich dran glauben.«

»Was soll das für eine Erklärung sein?«, sagte Martin. »Was redet Ihr Mandant für ein Zeug? Wir unterbrechen die Vernehmung, das ist ja lächerlich.«

»Sie sind lächerlich.«, sagte Kolb laut und beugte sich über den Tisch, nah vor Martins Gesicht. »Schlafen Sie erst mal Ihren Rausch aus, bevor Sie mich hier anmachen. Erklär dem, dass ich mich weiger, mit einem besoffenen Polizisten zu sprechen.« Er trommelte mit den Fingern auf den Tisch und lehnte sich wieder zurück. *»Capice?«*

»Haben Sie Alkohol getrunken?«, fragte Guus.

»Nein«, sagte Martin.

Ich sagte: »Es wäre gut, wenn Sie mit Ihrer Aussage fortfahren würden, Herr Kolb.«

»Sie haben mich zwei Nächte eingesperrt«, sagte Kolb. »Ohne Beweise. Wenn ich hier rausgeh, dann können Sie sich morgen in der Zeitung lesen. Sie und Ihr besoffener Kollege ...«

»Bitte, Torsten«, sagte der Anwalt.

Ich sagte: »Lassen Sie Ihren Mandanten nur ausreden.«

Ich sah, wie sich Kolbs Bauch hob und senkte, wie er tat, als fühle er sich provoziert, wie er einen Helden aus sich herauspumpte.

»Sie können dann ja eine Stellungnahme abgeben«, sagte er. »Also, wir haben uns um halb sieben getroffen, meine Nastassja und ich, weil, wenn ich sag, ich komm, dann komm ich, das ist wie beim Sex. Ich hab sie abgeholt, sie ist in mein Auto gestiegen, wir sind losgefahren, wir haben uns unterhalten, und dann hatte sie keine Lust mehr, und ich hab sie wieder zurückgefahren. Und mehr gibts nicht zu sagen. Und jetzt muss ich los, weil ich um zehn eine Besprechung hab, und im Gegensatz zu Ihnen bin ich kein Beamter, mir schmeißt keiner mein Geld nach.«

»Wie lange waren Sie mit Ihrer Tochter zusammen im Auto?«, sagte ich.

»Und wieso haben Sie uns die ganze Zeit angelogen?«, sagte Martin, ohne dass ich die Chance gehabt hätte, es zu verhindern.

Kolb grinste Erika Haberl an, der die Nase lief, während sie in den Laptop tippte.

»Mein Mandant gibt zu, seine Tochter im Auto mitgenommen zu haben«, sagte Guus. »Er wollte sich nicht selbst belasten, deswegen hat er zunächst geschwiegen. Er wollte auch seine Familie, besonders seine Ehefrau, nicht belasten. Mein Mandant hat seine Tochter gesund zu Hause abgeliefert.«

»Wann war das?«, fragte ich. »Um wie viel Uhr?«

»Kannst du dich erinnern?«, fragte Guus.

»Irgendwann zwischen halb sieben und sieben.« Kolb sprach zur Wand hinter Erika Haberl.

»Sie haben sich mit Ihrer Tochter gestritten«, sagte ich. »Worum ging es bei dem Streit?«

Kolb wippte mit dem Stuhl, verzog den Mund, hob generös den Kopf und sah mich aus verengten Augen an, wie sein Sohn. »Sie war sauer, weil ihre Mutter sie nicht weggehen lassen wollt, weil sie sie wieder verprügelt hat, das hat mich genervt.«

»Haben Sie Ihre Tochter an den Haaren gepackt und geschüttelt?«, sagte ich.

»Was hab ich?« Mit einer Kopfbewegung forderte er seinen Anwalt auf, etwas zu erwidern.

»Mein Mandant schlägt seine Tochter nicht«, sagte Guus.

Ich sagte: »Die Frage war nicht, ob er sie geschlagen, sondern ob er sie an den Haaren gepackt und geschüttelt hat.«

»Du kannst mich mal am Arsch lecken«, sagte Kolb.

Als ich den ersten Schritt auf den Tisch zu machte, war da wieder der Geruch nach billigem Rasierwasser und Schnaps, ich ließ ihn hinter mir wie einen Schleier. Vollkommen klarsichtig trat ich vor Torsten Kolb, packte ihn mit beiden Händen am Kopf, zog ihn vom Stuhl hoch und schleuderte ihn in die Ecke unter dem Fenster. Wie eine Puppe. Wie eine Akte. Wie ein Ding. Dann drehte ich mich um, und mir fielen wieder die schmalen braun gebrannten Hände des Anwalts auf. Ich dachte an seinen Urlaub an einem weißen Strand, und der Geruch nach Alkohol wurde unerträglich, und ich holte aus und schlug mit der Faust mitten in Martins Gesicht. Martin kippte mit einem lauten Knall zu Boden, und ich beugte mich über ihn, riss ihn an den mageren Schultern in die Höhe und entkam seinem Atem nicht. Im nächsten Moment knallte ich seinen Kopf gegen die Wand, und dann ein zweites Mal, und jedes Mal waren meine Hände daran schuld, und er sackte vor mir auf den Boden, und ich fing an zu schreien. Ich schrie keine Worte, ich goss einen einzigen, unartikulierten bösen Schrei über ihn, und die Luft ging mir nicht aus. Hinter mir tauchte jemand auf, der etwas sagte, was ich nicht verstand, weil mein Schrei mich betäubte, und ich sah das Blut auf Martins Gesicht und seine zuckenden Arme, und ich schrie, und jemand berührte mich an der Schulter, und dann bekam ich keine Luft mehr.

Es war, als hätte ich meine Stimme für immer in die Flucht geschlagen, als lägen alle Worte zerschmettert da und darunter begraben mein bester Freund. Um mich herum standen Kollegen, ich sah Paul Weber, Volker Thon und Sonja Feyerabend, und wieder sagte jemand etwas, und ich schaute, und dann begriff ich, dass ich es gewesen war, der gerade gesprochen hatte. Und als ich losging, vorbei an den Gesichtern, an den Körpern, die mir unwirklich und falsch gekleidet vorkamen, fiel mir ein Satz meines Vaters ein, und ich überlegte, ob es dieser Satz war, den ich soeben gesagt hatte, ich wusste es nicht mehr. Aber der Satz verschwand nicht, auf dem Weg durchs Treppenhaus nicht, nicht auf der Straße, vor dem Dezernat nicht, an dem Hunderte von Passanten vorübereilten, und ich bog in die Goethestraße ein und dann in die Einfahrt zum Hof, wo die Dienstwagen standen. Ich hörte den Satz in mir und wollte ihn aussprechen. Im Auto öffnete ich das Seitenfenster, und als ich in der Ausfahrt stehen bleiben musste, weil Fußgänger kamen, beugte ich mich hinaus und sagte: »Gott ist die Finsternis, und die Liebe das Licht, das wir ihm geben, damit er uns sehen kann.« Eine junge Türkin mit Kopftuch lächelte und wartete, bis ich losgefahren war. Diesen Satz hatte mein Vater in dem Brief geschrieben, den er in der Küche liegen gelassen hatte, an jenem Sonntag, als ich sechzehn Jahre alt und er für immer verschwunden war.

Lieben Sie Ihre Tochter?, wollte ich Kolb nicht fragen.

Lieben Sie Ihre Frau?, wollte ich Kolb nicht fragen.

Lieben Sie Ihren Sohn?, wollte ich Kolb nicht fragen.

Gibt es jemanden, den Sie lieben?, wollte ich Kolb nicht fragen.

Sondern Martin. Sondern Martin. Sondern Martin. Sondern Martin. Obwohl er keine Tochter hatte. Und keinen Sohn. Und keine Frau. Und niemanden sonst.

Mit hundertneunzig Stundenkilometern jagte ich den Wagen über die Autobahn.

Dann ließen mich die Kollegen endlich allein. Ich war geblitzt worden, und weil ich nicht stehen geblieben war, hatten sie die Verfolgung aufgenommen. Ich erzählte ihnen die Geschichte von einem Flüchtenden, den ich verfolgte, und sie hatten keine andere Wahl, als mir zu glauben. Natürlich hätte ich wegen ihnen den Mann nun verloren. Sie entschuldigten sich.

»So was passiert«, sagte ich.

In der »Raststätte Hofoldinger Forst« saßen an diesem Montagvormittag zwei Paare und drei Lastwagenfahrer, ab und zu beobachtete ich draußen Leute, die ihr Auto parkten und auf die Toilette gingen. Ich trank schwarzen

Kaffee. Ich versuchte, mich daran zu erinnern, was passiert war. Immer wieder tauchte Martins blutverschmiertes Gesicht aus dem Nebel auf, der in mir waberte, seit ich zum ersten Mal während der Vernehmung das billige Rasierwasser und den Schnaps gerochen hatte.

Was ich in dieser Raststätte wollte, wusste ich nicht. Wieso ich aus dem Dezernat geflüchtet war, wusste ich nicht, und über die Konsequenzen machte ich mir keine Gedanken.

Einmal ging ich hinaus auf den Parkplatz, legte den Kopf in den Nacken und schloss die Augen. Die Luft war kühl und schneeig, und es hätte mir gefallen, wenn auf meinen Lidern Flocken geschmolzen wären wie Tränen eines kosmischen Schneemanns.

»Das Rührei mit Schinken?«, fragte die Frau hinter der Theke.

Ich sagte: »Ja.« Und ich aß das Frühstück wie jemand, der auf einer Reise und ausgehungert war und an den Rändern der Zeit entlangfuhr.

Über eine Landstraße kehrte ich in meine Wohnung im östlichen Münchner Stadtteil Giesing zurück. In der Tür steckte ein Zettel von Sonja. Ich rief sie an, und sie kam zu mir und blieb ein paar Stunden, und am nächsten Tag, Dienstag, kam sie abends und verbrachte die Nacht mit mir.

Ich erfuhr, dass es Volker Thon gelungen war, Kolbs Anwalt so weit zu bringen, seinen Mandanten zu beruhigen und ihn davon abzuhalten, die Presse zu informieren; schließlich gelte er nach wie vor als Tatverdächtiger, auch wenn er vorübergehend auf freiem Fuß sei. Ein Betriebsleiter, der beschuldigt werde, seine sechsjährige Tochter entführt zu haben, wäre seinen Job innerhalb eines halben Tages los, das schien sogar Torsten Kolb zu begreifen.

»Und er hat zugegeben, seine Tochter tatsächlich an den Haaren gepackt und geschüttelt zu haben«, sagte Sonja in dem Zimmer mit den gelben Wänden, wo wir auf dem Boden saßen und ich Bier und sie Wasser trank. »Er wollte mit seiner Frau sprechen, aber das haben wir ihm nicht erlaubt. Zum Glück ist der Anwalt auch nicht gerade ein Fan seines Mandanten, er muss ihn vertreten, weil sie sich lange kennen, er ist ein Freund von Kolb senior.«

Dann schwieg Sonja wieder. Zwischen uns lagen vier Meter, sie hockte an der Wand mir gegenüber. Der leere Stuhl stand vor dem Fenster. Es war weder kalt noch warm. Ich war barfuß, das weiße Leinenhemd hing mir aus der Jeans, die am Bauch spannte. Die Hände auf den Boden gestützt, sah ich zu ihr hinüber und wünschte, sie würde näher kommen. Vom Flur fiel Licht herein, sonst war es dunkel im Zimmer. Sie hatte gesagt, der Staatsanwalt räume mir bis morgen Früh Bedenkzeit ein, dann wolle er mit mir sprechen und entscheiden, was weiter zu geschehen habe. Sollte ich mich der Befragung entziehen, würde er eine Dienstaufsichtsbeschwerde einleiten und dem Innenminister vorschlagen, mich vorläufig vom Dienst zu suspendieren, möglicherweise inklusive einer Rückstufung des Gehalts.

Nach Meinung des Staatsanwalts sei ich unter den gegebenen Umständen für den Polizeidienst absolut untauglich.
»Niemand sonst im Dezernat ist dieser Auffassung«, hatte Sonja gesagt, als sie am Dienstagabend zu mir kam. Aber sie wartete auf eine Erklärung. Und ich war nicht fähig dazu. Ich begann, ihr Dinge zu erzählen, die sie schon kannte, Geschichten über Martin Heuer, als wir Kinder und später in der Ausbildung waren und Streife fuhren und uns wichtig vorkamen. Ich wollte ihr andere Dinge erzählen, etwas, das vielleicht zu jenem Moment führte, der mich in die Lage gebracht hatte, in der ich mich jetzt befand. Ich wollte ihr von meinem Vater erzählen und dem Brief, den er auf den Küchentisch gelegt hatte, von dem Satz, den ich so viele Jahre lang nicht verstanden hatte und von dem ich mir nicht sicher war, ob ich ihn heute verstand. Von der Küche wollte ich ihr erzählen, von ihrer Einrichtung, ihren Gerüchen, und von der Lederjacke, die mein Vater zurückgelassen und die ich wie selbstverständlich angezogen hatte und die nach seinem Rasierwasser roch, das seither meine Erinnerungen durchtränkte. Ich wollte, dass sie mich begleitete ... dass sie dabei war an jenem Sonntag, dem zweiundzwanzigsten Dezember, im Nachhinein dabei war ... in der Küche mit dabei war, damit ich ... Ich wollte ihr sagen, wieso ... Wieso der Geruch im Vernehmungszimmer und in meiner Erinnerung ... Ich wollte mich ... Und dann erzählte ich von anderen Dingen, von Dingen ohne Not, Dingen, die

passiert und sortiert waren wie Briefe oder Fotos, Dingen, vor denen ich in Sicherheit war, Stunde um Stunde, die halbe Nacht, und Sonja hörte mir zu, und ich redete weiter, und sie hörte mir immer noch zu, und ihr Zuhören war eine Geborgenheit.

12

»Erklären Sie uns diese Bemerkung«, sagte Dr. Michael Vester. »Warum hatte Ihr Kollege und Freund Martin Heuer es verdient, dass Sie ihn schwer verletzt und auf ihn eingeschrien haben?«

Ich öffnete die Augen und senkte den Kopf.

Volker Thon und Karl Funkel erwarteten eine Antwort, die sie aus einer für sie unerträglichen Anspannung befreien und ihre Gedanken zu den Ermittlungen zurückkehren lassen sollte. Der Staatsanwalt klopfte mit dem rechten Daumen auf den linken Handrücken und tauschte einen Blick mit Erika Haberl, deren Erkältung etwas abgeklungen zu sein schien, sie hatte nur noch ein Päckchen Papiertaschentücher neben ihrem Laptop liegen.

»Wir werden die Sache mit Hauptkommissar Heuer intern klären«, sagte Vester. »Momentan liegt er mit gebrochener Nase und schweren Prellungen im Krankenhaus Rechts der Isar, seine linke Schulter war ausgekugelt, die haben die Ärzte inzwischen wieder eingekugelt. Aber das wissen Sie ja alles.«

»Ich wusste es nicht.«

»Hat Ihnen Ihre Freundin, Frau Feyerabend, nicht gesagt, wie es um Heuer steht?«

»Nein.«

»Sie haben ihn übel zugerichtet«, sagte Vester. »Dem Bericht Ihrer Vernehmung von Torsten Kolb habe ich entnommen, Kolb habe Ihnen vorgeworfen, betrunken zu sein. Bezog sich dieser Vorwurf auf Hauptkommissar Heuer?«

Ich sagte: »Mit dem Vorwurf wollte er uns provozieren, wie es seine Art ist.«

»Sie würden also nicht sagen, dass Sie beide, Heuer und Sie, nach Alkohol gerochen haben?«

»Nein.«

Aus seiner Aktenmappe, die er ans Tischbein gelehnt hatte, holte er ein Blatt Papier in einer Klarsichtfolie. »Hier steht«, sagte er, nachdem er Erika Haberl erklärt hatte, dass es sich um eine Anmerkung handele, »bei den Untersuchungen von Martin Heuer haben die Ärzte einen Alkoholgehalt von zwei Komma null eins Promille in seinem Blut festgestellt. Lesen Sie bitte!«

Er hielt mir das Blatt hin, und ich nahm es.

»Martin Heuer war bei der Vernehmung stockbetrunken«, sagte Vester. »Und Sie wollen mir weismachen, Sie haben das nicht bemerkt? War das der Grund, warum Sie die Kontrolle verloren haben? Weil Sie sich nicht von Torsten Kolb, sondern von Ihrem Kollegen provoziert gefühlt haben? Von seiner Trunksucht. Von seinem unprofessionellen Verhalten.«

Ich schwieg. Ich las die Zahlen auf dem Formular und vergaß sie sofort wieder.

»Mach endlich eine klare Aussage«, sagte Volker Thon.

Funkel kratzte sich an der Lederklappe über seinem linken Auge. »Wir haben keine Zeit zu verlieren«, sagte er. »Und wir haben jetzt zwei Mann weniger in der Soko. Ich bitte dich, Tabor, mach deine Aussage. Bitte.«

Und ich sagte: »Ich weiß nicht, warum ich Martin zusammengeschlagen und Torsten Kolb zu Boden geworfen habe. Mehr habe ich dazu nicht zu sagen.«
»Das reicht nicht«, sagte Vester laut. Dann wollte er noch etwas anfügen, blieb aber stumm.
»Du bist vorübergehend vom Dienst befreit«, sagte Thon. »Hoffen wir, dass sich der Anwalt an unsere Abmachungen hält. Und vor allem, dass sich Kolb an die Anweisungen seines Anwalts hält. Über das weitere Vorgehen ...«
Jemand klopfte an die Tür.
»... bespreche ich mich mit Dr. Vester. Sind Sie einverstanden?«
Der Staatsanwalt nickte, schüttelte den Kopf, steckte das Krankenhausblatt in die Mappe zurück.
»Ja«, sagte Funkel.
Freya Epp streckte den Kopf herein. »Entschuldigung. Fabian Kolb hat gerade angerufen, er will dich sprechen, Tabor. Nur dich, hat er ausdrücklich gesagt, also ich hab ... zuerst hab ich gefragt ...«
»Wo ist er jetzt?«, sagte ich.
»Er ist ... er sagt ... also, er ... zuerst wollt er das nicht sagen ...«
»Wo ist er?«, sagte ich.
»Er sagt, du sollst in den ›Burgerking‹ am Stachus kommen.«
»Er wartet dort?«
»Hat er gesagt.«
»Wann hat er angerufen?«

»Vor zwei Minuten, ich hab gesagt, du bist in einer Besprechung und ... Er wollte wirklich nur dich sprechen ...«

Freya schloss die Tür wieder.

»Sie werden nicht gehen«, sagte Dr. Vester. »Jemand aus der Soko wird den Jungen treffen und ihn hierher bringen. Wenn er eine Aussage machen will, dann nur im Dezernat.«

»Ich gehe zu ihm«, sagte ich.

»Sie sind nicht befugt«, sagte Vester. »Sie sind nicht im Dienst.«

»Wir sollten es riskieren«, sagte Thon. »Der Junge hat Vertrauen zu ihm. Er hat schon einmal relativ offen mit ihm gesprochen.«

»Das hab ich gelesen«, sagte Vester. »Was ist das für eine Disziplin in dieser Abteilung. Das ist ja lächerlich. Wir befreien einen Kollegen aus guten Gründen vom Dienst und fünf Minuten später schicken wir ihn zu einer wichtigen Vernehmung. Wenn sich das rumspricht ...«

»Ich bin dafür«, sagte Funkel. »Ich finde es richtig, wenn er den Jungen trifft. Fabian würde mit niemand anderem sprechen, da bin ich sicher. Wir sind auf seine Aussage angewiesen.«

»Du nimmst Freya mit«, sagte Thon.

Ich sagte: »Ich gehe allein.«

»Du nimmst sie mit.«

»Nein«, sagte ich und verließ das Zimmer.

Auf dem Weg zur Sonnenstraße, wo sich das Lokal befand, nur ein paar Minuten vom Dezernat entfernt, empfand ich eine vage Furcht vor dem, was mir der Junge zu sagen hatte.

Bevor ich hineinging, rief ich von einer Telefonzelle aus noch einmal im Dezernat an.
»Du musst doch kommen«, sagte ich.
»Bin gleich da«, sagte Freya Epp.
Natürlich hatte Thon Recht gehabt. Allein würde ich unmöglich die Vernehmung führen und gleichzeitig mehr mitschreiben können als bloße Stichpunkte, die in diesem Zusammenhang für einen verwertbaren Bericht nicht ausreichen würden. Und da Erika Haberl in der Vermisstenstelle gebraucht wurde, wandte ich mich an Freya, die bei Befragungen schon öfter protokolliert hatte. Außerdem schätzte ich ihre zurückhaltende distanzierte Art gegenüber Zeugen.
Den Jungen entdeckte ich im ersten Stock des Lokals, er saß auf einer der roten Plastikbänke am Fenster und blickte hinunter auf die viel befahrene Straße. Vor sich hatte er ein Tablett mit einer Cola und einer Tüte Pommes frites stehen. Ich hatte mir einen Kaffee und einen Cheeseburger gekauft und mich gefragt, wie ich dieses Frühstück runterbringen sollte.
Wortlos setzte ich mich Fabian gegenüber. Mit zusammengekniffenen Augen schaute er durchs Fenster.
»Eine Kollegin von mir kommt noch«, sagte ich. »Sie mischt sich aber in unser Gespräch nicht ein, sie schreibt nur mit, ich brauche hinterher ein Protokoll, du bist schließlich mein wichtigster Zeuge.«

Fabian sagte nichts. Ich trank einen Schluck des heißen schwarzen Kaffees aus dem Pappbecher. Wir waren die einzigen Gäste. In der Mitte des Raumes hing ein Fernseher, eine Musiksendung lief, und die Lautstärke war gerade noch erträglich.

Draußen, auf dem Mittelstreifen der Straße, durchquerten Trambahnen die Stadt von Norden nach Osten. Der »Burgerking« lag im Zentrum, neben einem Kino, in dem hauptsächlich Actionfilme gezeigt wurden, und in der Nähe der meistbesuchten Fußgängerzone der Stadt.

Bis Freya Epp auftauchte, hatten Fabian und ich kein Wort gewechselt, als habe er auf die Protokollantin gewartet. Denn kaum hatte sie sich neben mich gesetzt und ihren Block aufgeschlagen, sagte er: »Ist mein Vater im Gefängnis?«

»Nein«, sagte ich.

»Ist auch egal«, sagte der Junge, legte die Hände neben das Tablett und sah mich mit einem Ausdruck von Erwartung und, wie mir schien, ein wenig Herablassung an.

»Warst du wieder bei deiner Mutter?«

»Ja«, sagte er. »Aber ich hab nicht mit ihr gesprochen.«

»Was hast du dann im Krankenhaus getan?«

»Ich hab sie angesehen, das hat mir gereicht.«

»Hat sie dich bemerkt?«

»Klar!«

»Wie geht es ihr?«

»Schlecht.« Als würde er aus dem Stand kopfüber in eine Schlucht springen, verfiel er in ein jähes Schweigen, das mindestens fünf Minuten dauerte. Währenddessen versuchte ich, den Burger zu essen, er schmeckte mir sogar, doch ich hatte keinen Hunger. Fabian starrte sein Tablett an, ohne jede Bewegung. Ich sah, wie Freya auf ihrem Block den Zustand des Jungen beschrieb.

»Du kommst einfach nicht mit deinen Eltern zurecht«, sagte ich.

»Na und?«

»Wir müssen deine Schwester finden, Fabian«, sagte ich.

Er bückte sich und hob die Plastiktüte eines Supermarktes vom Boden auf, in der er etwas mitgebracht hatte. Einen Moment zögerte er, bevor er die Hand hineinsteckte. Das Rascheln kam mir laut und bedrohlich vor.

Fabian stellte einen blassblauen Turnschuh auf sein Tablett. Der Schuh hatte einen Klettverschluss. Ich hatte den Schuh nie zuvor gesehen und erkannte ihn dennoch sofort.

»Kann ich die Tüte haben?«, sagte ich fast automatisch.

Fabian reichte sie mir und ich legte sie zwischen Freya und mich auf die Bank.

Alle drei betrachteten wir den Turnschuh, der schwarze Schlieren an der Seite aufwies. Er stand neben den Fritten und der Cola wie ein Werbegeschenk. Und nicht wie ein grausames Almosen des Allmächtigen.

»Was war für dich das Schlimmste in deiner Kindheit?«, sagte ich. »Als du ungefähr so alt warst wie deine Schwester.«

Und Fabian ließ seine Hand in den Turnschuh gleiten.

»Dass ich nicht dabei war, als sie geheiratet haben.«

»Als deine Eltern geheiratet haben«, sagte ich.
»Ich war nicht dabei«, sagte Fabian. »Sie sind ohne mich aufs Standesamt gefahren.«
»Warum?«
»Ich hab sie nicht gefragt.«
»Warum hast du sie nicht gefragt?«
»Ist doch egal jetzt.«
»Aber es ist immer noch das Schlimmste, woran du dich erinnerst.«
Fabian zog die Hand aus dem Schuh und steckte sie in die Tasche seines Anoraks, den er anbehalten und dessen Reißverschluss er nicht aufgezogen hatte.
»Was glaubst du, warum haben dich deine Eltern zu ihrer Trauung nicht mitgenommen?«
»Wahrscheinlich haben sie sich geschämt.«
»Vor dir?«
»Vor sich selber vielleicht«, sagte er heftig und kniff wieder die Augen zusammen, drehte rasch den Kopf zum Fenster und starrte dann auf das Tablett mit den kalt gewordenen Fritten.
»Wie alt warst du da?«
»Sechs.«
»So alt wie deine Schwester heute ist.«
»Ich hab in meinem Zimmer gewartet, bis sie zurückgekommen sind«, sagte er. »Dann sind wir zum Essen gegangen.«
»Und du hast sie nicht gefragt, warum sie dich nicht mitgenommen haben?«
Nach einer Weile schüttelte er den Kopf.

»War sonst jemand dabei?«
»Meine Großeltern.«
»Und du warst allein zu Hause?«
»Oma Traudl war da«, sagte er und wischte sich ruppig über den Mund. »Meine Großmutter Waltraud. Die hat auf mich aufgepasst. Die anderen waren weg.«
»Weißt du noch, was du gegessen hast?«
»Wann?«
»Beim Mittagessen«, sagte ich. »Mit deinen Eltern.«
»Ist doch egal jetzt.« Fabian sah auf seine große glänzende Armbanduhr.
»Du musst deine Eltern fragen, warum sie dich nicht mitgenommen haben.«
»Wozu denn?«
»Damit der Schmerz aufhört.«
Er drehte sich zur Seite und schaute hinunter auf die Straße, wo in diesem Moment zwei Trambahnen aneinander vorbeifuhren. Durch die isolierten Fenster drangen kaum Geräusche herein.
»Der hört sowieso nicht auf«, sagte Fabian leise.
Sofort beugte sich Freya vor, um bei der ununterbrochenen Musikbeschallung besser hören zu können. Ich nickte ihr zu, um ihr zu versichern, ich würde schon aufpassen, was der Junge sagte.
»Ich hab gesehen, dass Sie ihr ein Zeichen gegeben haben«, sagte Fabian.
»Ja. Aber ich habe dich verstanden.«
Wieder sagte er einige Minuten lang nichts. Dann nahm er die Hand aus der Anoraktasche und legte beide Hände

wie vorhin neben das Tablett, flach auf den Tisch, als wolle er zeigen, wie sauber seine Fingernägel waren.

»Die haben mich nicht gebraucht«, sagte Fabian und sah mich an und wieder weg und zwischen mir und Freya hindurch. »Die waren nicht verheiratet, als ich geboren wurde, und dann haben sie gedacht, sie müssen jetzt doch heiraten. Wahrscheinlich wollten das meine Großeltern so. Außerdem war meine Mutter schwanger, das hab ich aber nicht gewusst. Sie haben wegen Nasti geheiratet. Nicht wegen mir. Als Nasti auf die Welt gekommen ist, hat sie richtige Eltern gehabt, keine unechten wie ich. Wegen ihr haben sie geheiratet. Aber mitnehmen hätten sie mich schon müssen. Die hätten mich nicht allein lassen dürfen, bei der Oma, die ich sowieso nicht mochte. Die hat immer alles besser gewusst, auch bei meinem Vater, der hat das auch nicht ausgehalten. Wieso haben die mich nicht mitgenommen zum Heiraten? Die sind mit dem Auto weggefahren und ich bin an der Tür gestanden. Sie haben gesagt, es dauert nicht lange, ich bin dann wieder reingegangen und hab irgendwas gespielt. Weiß nicht mehr, was. Meine Oma hat irgendwas erzählt, das weiß ich noch. Oder sie hat mir was vorgelesen, sie wollt mich ablenken, sie hat geglaubt, ich merk das dann weniger, dass meine Eltern jetzt heiraten und ich bin nicht dabei. Die hat mich für blöd verkauft. Ich werd oft für blöd verkauft. Egal ist das. Das ist praktisch, wenn die Leute denken, sie können mich austricksen, doch ich durchschau sie. Aber ich sag nichts. Nie. Ich behalt alles für mich. Meine Mutter denkt auch immer, sie kann mir was erzählen und ich glaubs dann. Ich widersprech nicht. Hab ich nicht nötig. Brauch ich nicht. Wenn du widersprichst, wissen die, du hast was kapiert, und das ist schlecht. Du darfst dir nichts anmerken lassen, nie. Dann denken alle, du bist okay. Die lassen dich dann in Ruhe. So geht das.«

Er schaute mir in die Augen. »Ich kann sehen, wenn einer falsch schaut.«

»Wie deine Mutter an dem Abend, als deine Schwester verschwunden ist.«

»Genau«, sagte er sehr leise.

Anmerkung: Der Zeuge nimmt den Turnschuh, hält ihn hoch und reicht ihn Hauptkommissar Süden über den Tisch. HK Süden steckt den Schuh in die Plastiktüte. Der Zeuge sieht mit großer Anspannung zu.

»Du wusstest, dass deine Schwester nicht mit euerm Vater zum Schwimmen gehen wollte.«

»Ja.«

»Trotzdem ist sie in sein Auto gestiegen.«

»Weil er sie gezwungen hat.«

»Woher weißt du das?«

»Ist doch egal jetzt.«

»Hast du mit deiner Schwester darüber gesprochen?«

»Spinnst du? Ich hab mit der doch nicht gesprochen. Die war doch nicht mehr da. Ich hab sie doch nicht gefunden. Ich hab alles abgesucht, ich war auf dem alten Bahngleis, überall. Dann ist es dunkel geworden. Die war doch weg! Weg war die.«

»Was hast du gedacht, wo sie hin sein könnte?«
»Weg, hab ich gedacht, dass sie weg ist, dass sie es satt hat, so behandelt zu werden. Dass sie abgehauen ist. Das hab ich gedacht.«
»Nastassja ist sechs Jahre alt.«
»Und? Glauben Sie, mit sechs ist man zu klein, um abzuhauen? Man kann immer abhauen, wenn man kapiert hat, dass man weg muss. Ist doch egal, das Alter.«
»Dann bist du nach Hause gegangen?«
»Ja.«
»Und dann hat sich deine Mutter auf die Suche gemacht.«
»Kann schon sein.«
»Was hast du gedacht, als sie zurückgekommen ist?«
»Dass sie Nasti gefunden und umgebracht hat.«
Anmerkung: Der Zeuge Fabian wischt sich über die Augen. Er unterdrückt seine Traurigkeit.
»Hast du mit ihr gesprochen?«
»Wozu denn? Ich hab gesehen, dass sie lügt. So was seh ich, hab ich doch grade gesagt.«
»Sie hat nichts gesagt?«
»Sie hat die Polizei angerufen, und ihr habt nichts gemerkt.«
»Warum hast du uns nichts gesagt?«
»Hab keine Lust gehabt, was zu sagen. Ich hab mir gedacht, vielleicht ist sie doch nicht tot und bloß weg, weit weg, superweit weg und ewig.«
»Wo hast du Nastassjas Schuh gefunden, Fabian?«
Anmerkung: Der Zeuge sieht aus dem Fenster und steht dann ruckartig auf.

»Haben Sie ein Auto?«
»Im Dezernat, fünf Minuten von hier.«
»Dann fahren wir jetzt hin.«
»Wo fahren wir hin, Fabian?«
»Irgendwohin.«
Anmerkung: Der Zeuge steigt aus der Bank und geht ohne ein weiteres Wort zur Treppe.
Ende der Vernehmung: elf Uhr fünfundfünfzig.

Wir verließen die Stadt in südlicher Richtung und fuhren zum Wasserkraftwerk Höllriegelskreuth, unmittelbar am Isarkanal. Von dort nahmen wir die schmale Straße zwischen Kanal und Wald, bis wir eine Stelle erreichten, an der gefällte und zugeschnittene Baumstämme lagen. Hier stieg Fabian aus, machte ein paar Schritte und blieb dann stehen, dem Hang zugewandt.
Freya hatte einen kleinen Recorder mitgenommen, um die Aussagen Fabians unter freiem Himmel aufzuzeichnen. Aber seit der Junge aus dem Auto gestiegen war, hatte er nichts gesagt.
»Wo hast du den Schuh gefunden?«, sagte ich.
Fast unmerklich nickte Fabian in Richtung Unterholz.
»Wie bist du hierher gekommen?«
Nach einer langen Pause, in der er mit schmalen Augen zu den Sträuchern und den abgeschlagenen Nadelholzästen blickte, sagte er: »Mit dem Fahrrad.«
»Bist du öfter hier?«, sagte ich.
Ich sah, wie Freyas Hand, mit der sie den Recorder in die Höhe hielt, leicht zitterte.

»Manchmal«, sagte Fabian.

»Kennen deine Eltern diese Gegend auch?«

»Wegen dem Biergarten.«

In einigen hundert Meter Entfernung, unterhalb der Grünwalder Brücke, lag der »Brückenwirt«, ein beliebtes Ausflugslokal.

»Wann hast du den Schuh gefunden, Fabian?«

»Gestern«, sagte er. Dann sah er mich an. »Ich hab nicht nach ihr gesucht, ich hab nur ihren Schuh gefunden, ich hab gedacht, wenn meine Mutter Nasti umgebracht hat, dann hat sie sie wo vergraben, wo sie schon mal war. Ich hab nicht nach ihr gesucht, ich schwörs, ich hab nur den Schuh gefunden.«

»Warum glaubst du denn, dass deine Mutter Nastassja umgebracht hat?«

»Weil sie nicht fertig geworden ist mit ihr«, sagte er und schaute wieder wie beim »Burgerking« zwischen Freya und mir hindurch. »Weil die Nasti sie gestört hat. Und weil ich schon zu alt bin, dass sie mich umbringen kann. Aber Nasti kann sich nicht wehren. Sie müssen Sie jetzt finden, bitte«

Er wandte sich ab, ging zu den gefällten Baumstämmen nahe dem Kanal und setzte sich, senkte den Kopf und hielt sich die Arme vors Gesicht.

»Mein Gott«, sagte Freya und ihre Hand zitterte jetzt stärker.

Wir fanden sie unter Zweigen, Ästen, Gesträuch und einem Hügel alten Laubes, sie lag auf dem Rücken, die

Hände auf der roten Jeansjacke gefaltet, ihr Gesicht war schwarz von Erde und an ihrem linken Fuß fehlte ein Schuh, und die Socken sahen weiß und sauber aus wie frischer Schnee. Freya weinte stumm, und ich dachte an die Männer und Frauen, die ich von meinen Wegen durch die Nacht kannte, wandelnde Wunden, die zeitlebens aus der Liebe fallen, weil es im Innern ihres Herzens unendlich dunkel ist.

13

Auf dem Schreibtisch des Professors, der uns sein Büro zur Verfügung gestellt hatte, stand ein Farbfoto in einem Rahmen, das den Arzt gemeinsam mit seiner Frau und zwei blonden Mädchen auf einem Felsen über dem Meer zeigte. Ich schaute nur einmal aus Versehen hin.

Für die Befragung, die wir im Klinikum Großhadern durchführen mussten, weil Matrimonia Kolb das Krankenhaus noch nicht verlassen durfte, setzten wir uns an einen weißen Tisch an der Wand, Freya Epp mit ihrem Laptop an die Schmalseite, Medy Kolb und ich einander gegenüber. Freya hatte sich zum Protokollieren bereit erklärt, nachdem Erika Haberls Erkältung über Nacht wieder schlimmer geworden war und sie nach einer Stunde im Dezernat heimgehen musste.

Beginn der Vernehmung: Mittwoch, zehnter April, dreizehn Uhr fünfundfünfzig.

»Ich weise Sie darauf hin, dass Sie im Moment als Zeugin vernommen werden, nicht als Beschuldigte oder Tatverdächtige, und die Pflicht haben auszusagen.«

»Ja.«

»Sie sind in der Lage, der Vernehmung zu folgen.«

»Ja.«

»Bitte sagen Sie sofort, wenn Sie müde werden und sich ausruhen möchten. Dann können Sie das tun.«

»Ja.«

Anmerkung: Hauptkommissar Süden sieht die Zeugin

lange an. Je länger er sie ansieht, desto unruhiger wird sie, gleichzeitig aber auch, so scheint es, entschlossener zu sprechen. Als HK Süden den Kopf senkt, kann man den Eindruck haben, die Zeugin sei enttäuscht darüber und warte darauf, dass er sie weiter ansieht.
Zeugin: »Möchten Sie mich nichts fragen?«
»Fahren Sie einen dunkelblauen Citroën Xsara, Frau Kolb?«
»Bitte?«
»Haben Sie die Frage nicht verstanden?«
»Doch. Ja.«
»Mit einer roten Bremsleiste am Kofferraum.«
»Ja.«
»Waren Sie mit diesem Auto am vergangenen Freitagabend auf der Bundesstraße elf unterwegs?«
»Kann schon sein. Ich fahr die Straße oft, die geht ja praktisch bei uns vorbei.«
»Sie waren auf dieser Straße am Freitagabend unterwegs, weil Sie auf der Suche nach Ihrer Tochter Nastassja waren?«
Anmerkung: Die Zeugin fährt sich durch die Haare und legt die Hände dann in den Schoß. Offenbar schwindet ihre Bereitschaft auszusagen, ohne dass klar wäre, warum.
»Haben Sie die Frage verstanden, Frau Kolb?«
»Warum fragen Sie mich das dauernd? Ich bin doch nicht bescheuert. Ich bin doch nicht kopfkrank.«
»Haben Sie Ihre Tochter gefunden?«
Anmerkung: Die Zeugin wirkt völlig konsterniert. Sie

will etwas sagen, bringt jedoch keinen Ton heraus. Die Frage scheint sie aus der Fassung zu bringen, sie stößt gegen das Wasserglas und wirft es beinah um. Mit nervösen Bewegungen fährt sie sich wieder durch die welligen, frisch gewaschenen Haare.

»Wenn ich meine Tochter gefunden hätt, dann wär sie doch jetzt da.«

»Waren Sie am vergangenen Freitagabend am Isarkanal bei Höllriegelskreuth?«

»Was hätt ich da sollen?«

»Das weiß ich nicht. Waren Sie dort?«

»Am Isarkanal?«

»Auf der Straße zwischen dem Wasserkraftwerk und dem ›Brückenwirt‹.«

»Nein.«

»Sie waren nicht dort?«

»Wieso denn?«

»Ich habe deshalb gefragt, weil meine Kollegen mit einem Zeugen gesprochen haben, der in dem Haus auf dem Gelände des Kraftwerks wohnt. Und dieser Zeuge behauptet, er habe am Freitagabend einen dunkelblauen Citroen Xsara gesehen, der am Kanal entlanggefahren sei.«

»Ich fahr bestimmt nicht als Einzige so ein Auto. Hat der Zeuge eine Autonummer genannt?«

»Ja.«

Anmerkung: Die Zeugin verstummt. Lange Zeit spricht niemand.

»Wieso hat der die Autonummer aufgeschrieben?«

»Er hat sie nicht aufgeschrieben, Frau Kolb, er hat sie sich zufällig gemerkt, sie ist ja auch nicht schwer zu behalten. Es ist die Nummer Ihres Autos.«
»Ich hab die Nasti da gesucht.«
»Sie waren also auf der Straße am Kanal.«
»Ich bin rumgefahren. Das wissen Sie doch! Ich hab mein Kind gesucht. Ich hab mein Kind gesucht und da war ich auch am Kanal und überall. Ich muss auf die Toilette.«
»Meine Kollegin, Frau Epp, wird mit Ihnen kommen.«
»Warum denn?«

Fortsetzung der Vernehmung: vierzehn Uhr vierzig.
»Ich glaub nicht, dass sich der Zeuge meine Autonummer gemerkt hat, das sagen Sie nur so, Sie wollen mich einschüchtern.«
»Ich will Sie doch nicht einschüchtern, Frau Kolb. Ich möchte mit Ihnen gemeinsam herausfinden, warum Ihre kleine Nastassja tot im Wald von Höllriegelskreuth lag.«
Anmerkung: Die Zeugin errötet über das ganze Gesicht, die Nachricht vom Tod ihrer Tochter, den ihr Hauptkommissar Süden bisher verschwiegen hat, versetzt sie in einen Zustand stummer Panik. Sie krallt die Finger um die Tischkante und starrt HK Süden an.
Sie weint nicht.
»Wir haben die Leiche nahe der Straße am Kanal gefunden, auf der Sie am Freitagabend unterwegs waren, Frau Kolb. Meine Kollegin und ich haben sie gefunden. Mit der Hilfe Ihres Sohnes.«

»Fabian war auch dabei?«

»Fabian war auch dabei.«

»Warum denn?«

»Er hatte einen Turnschuh gefunden, einen Schuh von Nastassja. Darüber hat er einen Tag lang nachgedacht, dann hat er mich angerufen.«

»Sie?«

»Ja.«

»Worüber hat er denn nachgedacht?«

»Ich vermute, darüber, wie es möglich ist, dass seine Schwester tot ist.«

»Aber er hat doch gar nicht gewusst, dass sie tot ist. Oder?«

»Nein. Er hat es vermutet. Wo sollte sie denn sein?«

»Und dann hat er gedacht, ich hab sie getötet?«

»Das denkt er.«

»Aber das stimmt nicht.«

Anmerkung: Die Zeugin hat laut geschrien. Sie trommelt mit den Fäusten auf den Tisch, so fest, dass HK Süden ihr Wasserglas festhalten muss, damit es nicht umkippt.

»Das ist falsch, was er denkt.«

»Ich belehre Sie darüber, dass ich Sie von nun an nicht länger als Zeugin vernehme, sondern als Tatverdächtige. Sie haben das Recht, die Aussage zu verweigern und einen Anwalt hinzuzuziehen. Möchten Sie jetzt einen Anwalt anrufen?«

»Nein.«

Anmerkung: HK Süden wiederholt die Fragen, die er Matrimonia Kolb bereits als Zeugin gestellt hat. Bei der

Frage, ob sie am Kanal entlanggefahren sei, antwortet sie, anders als vorhin, sofort mit Ja.

»Hat Ihre Autonummer eine bestimmte Bedeutung? Stehen die Buchstaben für einen Namen?«

»Bitte?«

»M-MA drei-drei-zwei-zwei. Bedeutet das den Namen Emma?«

»Wieso?«

»Wer ist Emma, Frau Kolb?«

»Niemand. Meine Tochter hätt so heißen sollen. Aber Torsten wollt den Namen nicht, der wollt Nastassja, der fand den Namen modern.«

»Ihnen gefällt der Name nicht?«

»Ich hab mich dran gewöhnt.«

»Warum wollten Sie Ihre Tochter Emma nennen?«

»Meine Großmutter hat so geheißen, die war die einzig Normale in der Familie.«

»Ihre Tochter hat also in Ihren Augen einen falschen Namen.«

»Der ist schon richtig, der Name, der passt schon zu ihr. Sie ist eine richtige Nastassja.«

Anmerkung: Die Tatverdächtige wirkt jetzt angespannt und kühl, eigentlich kalt.

»Erklären Sie mir, was Sie mit einer ›richtigen Nastassja‹ meinen.«

»Nein.«

»Ich möchte Ihnen ein Foto zeigen.«

Anmerkung: Aus einer Mappe nimmt HK Süden ein Foto, auf dem das tote Kind zu sehen ist.

»Ist das Ihre Tochter Nastassja, Frau Kolb?«

»Sie haben die ganze Zeit gewusst, dass sie tot ist, aber Sie haben es mir nicht gesagt.«

»Ist das Ihre Tochter?«

»Warum fragen Sie mich das?«

»Ja oder nein.«

»Ja.«

Anmerkung: Als die Tatverdächtige nach dem Foto greift, steckt es HK Süden zurück in die Mappe.

»Warum darf ich das nicht anschauen?«

»Sie hatte neue weiße Socken an, als wir sie gefunden haben. Haben Sie Ihrer Tochter die Socken angezogen?«

»Ich?«

»Haben Sie ihr die Socken angezogen?«

»Weiß ich nicht mehr.«

»Warum ist Ihre Tochter am Freitagabend von zu Hause weggelaufen?«

»Weiß ich nicht.«

»Sie haben sich gestritten. Sie haben Nastassja geschlagen.«

»Nein.«

»Nastassja hat ihren Vater getroffen, er wollte mit ihr zum Schwimmen.«

»Ja.«

»Sie ist zwar ins Auto gestiegen, aber bald wieder ausgestiegen. Die beiden haben sich gestritten. Haben Sie eine Ahnung, warum sie sich gestritten haben könnten?«

»Mit Nasti muss man sich dauernd streiten.«

»Obwohl sie erst sechs Jahre alt ist?«

»Sie ist eine richtige Nastassja, sie macht dauernd Ärger, und wenn man sie zur Rede stellt, streitet sie alles ab oder widerspricht.«

»Warum ist sie nicht nach Hause zurückgekommen, nachdem sie sich mit ihrem Vater gestritten hatte?«

»Das weiß ich nicht.«

»Sie haben sich dann auf die Suche nach ihr gemacht.«

»Ja.«

Anmerkung: HK Süden sieht die Tatverdächtige lange an, länger als beim ersten Mal, und sie ringt mit sich, sie holt mehrmals Luft und setzt an, etwas zu sagen. Sie erwidert den Blick wie hypnotisiert. Dann beugt sie sich so weit über den Tisch, dass ihr Gesicht beinahe das von HK Süden berührt. Jetzt atmet sie heftig und stoßweise. Dann lehnt sie sich ein Stück zurück und streckt den Rücken. Die Haare fallen ihr ins Gesicht, sie wischt sie beiseite, und sie fallen ihr wieder vors Gesicht. Sie hält beide Hände flach an ihren Kopf. Man könnte meinen, sie halte sich die Ohren zu. Als wolle sie sich selber nicht sprechen hören. Die Hände sind aber vor den Ohren. Die Tatverdächtige zittert am ganzen Körper, ihre Beine zucken. Dann senkt sie mit einer schnellen Bewegung den Kopf.

»Fabian darf das nicht denken, er darf das nicht denken, das darf er nicht.«

»Er darf nicht denken, dass Sie Nastassja getötet haben.«

»Ich hab sie doch nicht getötet. Nicht getötet. Ich hab sie doch nicht ... Ich hab sie gefunden, da oben am Wald, bei dem alten Bahngleis, da lag sie doch. Mit der

Plastiktüte. Mit der Plastiktüte. Mit der Tüte über dem Kopf. Zugebunden mit einem Gummi unten. Mit einem Gummi unten zugebunden. Zu. Weil Fabian ihr das gezeigt hat, obwohl ichs ihm verboten hab, der hat sich immer eine Tüte über den Kopf gezogen, das war ein Spiel. Sein Vater hat ihm mal zu Weihnachten eine Stoppuhr geschenkt, mit der hat er die Zeit gestoppt. Hat die Zeit gestoppt und die Tüte über dem Kopf gehabt. So ein Dummkopf! Und er wollt seine Schwester damit erschrecken. Ich hab alle Plastiktüten versteckt. Das ist ja Unsinn, Plastiktüten kriegt man überall, und Gummis auch. Und Fabian hat welche in seinem Zimmer versteckt. Oder in der Schule. Und Nasti hat gesagt, sie will sterben, so wie Fabian ihr das gezeigt hat. Das hat sie gesagt. Dass sie sterben will, wenn ... wenn ... wenn ...«

»Wenn Sie sie wieder schlagen.«

Anmerkung: Die Tatverdächtige braucht lange mit ihrer Antwort.

»Ja. Mit sechs Jahren! Da bringt sich doch kein Kind um. Mit sechs Jahren doch nicht. Oder? Nein. Und dann lag sie da, und ich hab gleich gewusst, sie hat sich jetzt umgebracht. Ich hab da was liegen sehen, im Halbdunkel, und bin hin und da hab ich gleich gedacht, jetzt hat sie das getan. Jetzt ist alles aus. Und dann hab ich die Tüte von ihrem Kopf genommen und hab ihr Gesicht geküsst. Das war ganz kalt. Das war so kalt, das Gesicht, so kalt war das und so weich. Und so kalt. Und so weich. Und so kalt. Und ich hab sie genommen und hab sie versteckt, ich bin noch tiefer in den Wald mit ihr gegangen, noch tiefer rein, weg vom Weg, weit weg vom Weg.«

»Warum haben Sie das gemacht, Frau Kolb?«

»Wollt warten, bis es dunkel ist. Weiß nicht, warum.«

»Und als es dunkel war, haben Sie Ihre Tochter ins Auto gelegt.«

»Ja. Ich bin mit ihr rumgefahren. Überall hin. Und ich hab gedacht ... Ich weiß nicht mehr ... Ich bin bloß rumgefahren, ich wollt irgendwo hin mit ihr, und ich hab Tabletten genommen. Damit ich nicht so viel weinen muss. Das hat dann aufgehört. Hat dann aufgehört, das ganze Weinen. Und ich bin da runter zum Kanal und da hab ich sie hingelegt und dann bin ich weggelaufen.«

»Und Sie haben ihr weiße Socken angezogen.«

»Bitte? Ja, die waren im Auto. Die müssen aus der Wäsche gefallen sein. Weiß ich nicht mehr. Die hab ich ihr angezogen. Der Schuh war nicht mehr da ... war weg ... Emma, Emmaly ...«

Anmerkung: Die Tatverdächtige summt ein Lied und bricht abrupt ab.

»Emma, Emmaly ... Dann wollt ich mich auch umbringen. Aber die Tabletten haben nicht gereicht. Bin wieder aufgewacht. Der Fabian darf das nicht denken. Sie müssen das verhindern, Herr Süden! So was darf er nicht denken.«

»Bevor Nastassja am Freitagabend die Wohnung verlassen hat, haben Sie sie da wieder geschlagen, Frau Kolb?«

»Ja. Ja. Ja.«

»Warum?«

»Weil die hat … Sie ist so dagesessen, so selbstgefällig auf dem Stuhl, so … so provozierend, ja, so provozierend …«

»Sie haben sich durch die Sitzhaltung Ihrer Tochter provoziert gefühlt.«

»Ja. Ja. Sie hat mich provoziert, so wie sie dagesessen ist. Und das hat mich so wütend gemacht, dass ich ihr eine Ohrfeige gegeben hab. Sie ist vom Stuhl gefallen. Und dann hab ich sie wieder hingesetzt und ihr noch eine Ohrfeige gegeben, und sie ist wieder auf den Boden gefallen, mitsamt dem Stuhl. Und dann hab ich gesagt, sie soll in ihr Zimmer gehen und still sein.«

»Und da hat sie die Wohnung verlassen.«

»Ja.«

»Sie haben sich provoziert gefühlt, weil Ihre sechsjährige Tochter nicht richtig auf dem Stuhl saß.«

»Aber deswegen bringt man sich doch nicht um! Sie ist sechs Jahre alt. Woher weiß die denn überhaupt, dass man sich umbringen kann? Mit sechs Jahren. Das kann die doch noch gar nicht wissen. Oder? Woher denn?«

Erst jetzt warf ich einen Blick auf Freya und bemerkte, wie ihr die Tränen übers Gesicht liefen. Sie gab kein Geräusch von sich und schrieb ununterbrochen Satz um Satz in ihren Laptop, und währenddessen strömten die Tränen aus ihren Augen.

Nach einer ersten Untersuchung durch den Pathologen war das kleine Mädchen tatsächlich erstickt, und wenn es stimmen sollte, dass sie Selbstmord begangen hatte,

dann würde der Mediziner Spuren von Kunststoff und Gummi an ihren Fingern feststellen.
Was den Zeugen am Wasserkraftwerk betraf, so hatte er zwar den Wagen gesehen, sich aber nicht die Autonummer gemerkt. Es war ein Trick gewesen, von dem ich nicht wusste, ob er funktionieren würde.
Die Frau mit dem seltsamen Vornamen, den sie vermutlich hasste, und die den Namen ihrer Großmutter durch ihre Tochter in Ehren halten wollte, was ihr Mann ihr nicht erlaubt hatte, atmete mit offenem Mund, die Hände im Schoß, erschöpft und von sich selbst überfordert. Auf die Frage, wieso sie sich nicht schon längst von ihrem Mann getrennt habe, sagte sie, sie würde lieber ihr Leben mit einem Kerl wie ihm verbringen, der immerhin regelmäßig Geld nach Hause bringe, als noch einmal von ihren Eltern abhängig sein.
»Das sind Gefühlstyrannen«, sagte Medy Kolb. »Sie sagen, sie lieben dich, aber sie wollen dich nur ermorden mit ihren Gefühlen. Mein Bruder ist wie sie, der hat sich rechtzeitig angepasst. Er ist auch Lehrer geworden, und wenn er dürfte, würde er die Schüler genauso verhören, wie mein Vater es getan hat.«
Und ich dachte, dass diese Frau, die ihre sechsjährige Tochter nur aus dem einen Grund verprügelte, weil ihr deren Sitzhaltung missfiel, vielleicht ein genetisches Wrack war, aber nicht das geringste Recht hatte, ungestraft davonzukommen.
Und doch würde es so sein. Und das kleine Mädchen, das eine richtige Nastassja in der falschen sein musste,

würde unter großer Anteilnahme von Verwandten, Nachbarn, Schaulustigen, Reportern und Psychologen beerdigt werden, und die Mutter würde Verständnis finden, denn sie hätte das Kind aus panischer Verzweiflung im Wald versteckt, und eine Weile würde Fabian in der Schule noch mitleidige Blicke ernten, und der Vater würde wieder in die Josephinenstraße kommen, um seine Frau zu ficken, und er würde keine Anzeige gegen mich erstatten, und der Staatsanwalt würde die Akte schließen, und unter der Obhut des Allmächtigen würden wir weiter unseren Gewohnheiten nachgehen.

Auf einer Bank vor dem Klinikum lehnte sich Freya an mich.

»Entschuldige wegen vorhin«, sagte sie. »Ich habs nicht zurückhalten können.«

»Sei still«, sagte ich, und ich wunderte mich ein wenig über das dreiste Sonnenlicht.

14

Er konnte nicht sprechen. Der Verband bedeckte die Hälfte seines Gesichts, und seine Schulter schmerzte bei jeder Bewegung, wie uns eine Schwester erklärt hatte.

»Es tut mir leid«, sagte ich.

Ich saß auf der Bettkante, Sonja Feyerabend stand hinter mir, sie hatte die gelben Tulpen noch in der Hand, weil die Schwester erst eine Vase organisieren musste.

»Es tut mir sehr leid«, sagte ich.

Er nickte vorsichtig. Als ich ihn so daliegen sah, kam er mir wie ein alter Mann vor, der endlich ausruhen durfte und nicht wusste, wozu. Seine Hand war grau und knochig, und wenn ich sie drückte, fürchtete ich, sie könne zerbrechen.

»Ich stell die Blumen ans Fenster«, sagte die Schwester.

»Der Vater hat zugegeben, dass Nastassja im Auto zu ihm gesagt hat, sie würde sich umbringen«, sagte ich zu Martin Heuer. »Er hat es nicht geglaubt. Natürlich nicht. Die Mutter hat die Plastiktüte in einem Küchenschrank aufbewahrt. Heute Morgen rief Dr. Ekhorn an, er hat seinen Bericht noch nicht abgeschlossen, aber er geht davon aus, dass das Mädchen sich die Tüte selbst über den Kopf gestülpt und mit zwei Gummiringen am Hals fixiert hat. Er sagte, er könne es nicht begreifen. Und doch wird es so gewesen sein. Die Beerdigung findet am Samstag statt. Der Fall ist beendet.«

»Und der Junge sitzt die ganze Zeit in seinem Zimmer

und hört Musik«, sagte Sonja. »Die Großeltern kümmern sich um ihn. Sie haben ihrer Tochter angeboten, in den Osterferien mit ihr und Fabian irgendwohin in die Sonne zu fliegen, zum Ausspannen, zum Abstandgewinnen. Sie bezahlen die Reise, wie sie extra betont haben.«
»Darauf wird sie sich nicht einlassen«, sagte ich.
Dann schwiegen wir lange, darin waren wir geübt. Sonja verließ als Erste das Zimmer, und ich blieb noch fünf Minuten. Martin hatte die Augen geschlossen. Er lag mit zwei weiteren Patienten, die während unseres Besuchs zum Rauchen in die Cafeteria gegangen waren, auf dem Zimmer. Noch immer hielt ich seine Hand, bis ich bemerkte, dass er eingeschlafen war. Behutsam deckte ich ihn zu und wandte mich zur Tür. Da stand mein Vater, er trug einen schwarzen Anzug, der ihm zu eng war, und streckte die Hand nach mir aus. Aber ich nahm sie nicht. Ich sah nur hin. Dann ließ er den Arm sinken und sagte: Jetzt sind wir allein. Und ich wollte sagen: Nicht wir sind allein, du bist allein, und ich bin allein, jeder für sich. Das traute ich mich nicht, ich war dreizehn und wollte in diesem Moment nicht altklug sein, nicht klüger tun vor meinem Vater. Wir standen uns gegenüber, und hinter mir lag eine Frau, die vor einer Stunde gestorben war. Mein Vater kam näher, und ich roch sein Rasierwasser. Er blieb neben mir stehen und sah zum Bett. Wir sind umsonst nach Amerika gefahren, sagte mein Vater. Ich dachte an den Schamanen, der meine Mutter hätte heilen sollen und dessen Adresse mein Vater irgendwoher hatte, ich habe nie erfahren, woher. Und ich dachte

auch, dass ich jetzt nicht hierher gehörte, so wenig wie die tote Frau. Und drei Jahre später, als mein Vater an einem Sonntag plötzlich verschwand, begriff ich, wenn auch nicht sofort, dass er anderswo richtiger sein wollte als dort, wo er bisher gelebt hatte. Sein Verlangen nach der ihm angemessenen Wirklichkeit war ihm wichtiger gewesen als unser gemeinsames Durchhalten in unserer abgenutzten Wirklichkeit, und vielleicht hatte er klug gehandelt, vielleicht hatte das Weggehen ihm das Weiterleben ermöglicht, vielleicht wäre er sonst am Verkehrtsein gestorben.

Auch Martin lebte, und ich würde zurückkommen und ihn abholen, und es gab einen Sommer, der auf uns wartete.

»Wo warst du so lange?«, fragte Sonja auf dem Flur des Krankenhauses.

Ich nahm ihre Hand, die warm war, und wir verließen die Klinik, und draußen schien wieder die Sonne.

»Die Zentrale hat angerufen, der Junge ist verschwunden. Er hat einen Abschiedsbrief hinterlassen, der an dich adressiert ist.«

15

Sehr geehrter Herr Süden,

ich schreibe an Sie, weil die anderen nicht lesen können. Ich gehe weg und werde nicht zurückkommen, ich bin zwar erst dreizehn, aber ich weiß, wo ich sein möchte und wo nicht, und dort, wo ich jetzt bin, gehöre ich nicht hin. Meine Schwester ist gestorben, weil niemand sie haben wollte, sie ist lediglich mitgelaufen, so wie ich, aber ich habe wenigstens die Musik, die mich mitnimmt, wohin ich will. Weil mich niemand vermissen wird, brauchen Sie mich nicht zu suchen, außerdem würden Sie mich sowieso nicht finden. Was ich Ihnen noch sagen wollte, ist, dass ich mich bedanke, weil Sie meine Schwester gefunden haben. Jetzt hat sie im Grab ein Zuhause, und das ist bestimmt besser als jedes andere. Dann wollte ich Ihnen auch noch sagen, dass ich nicht habe verhindern können, was geschehen ist, und das ist ganz schlimm. Ich habe Nastassja gezeigt, wie man sich die Tüte über den Kopf zieht und sie schnell wieder runternimmt, sie hat das Spiel von mir, wenn ich es ihr nicht gezeigt hätte, würde sie noch leben. Ich bin schuld. Ich verstehe auch nicht, warum sie das getan hat. In zwei oder drei Jahren schon hätten wir gemeinsam weggehen können, wir wären dann zusammen gewesen und niemand hätte uns mehr eingesperrt und geschlagen. Ich weiß nicht, warum sie nicht gewartet hat, ich habe ihr oft gesagt, sie soll Geduld haben, sie soll mir ganz vertrauen. Das hat sie nicht geschafft. Ich bin jetzt allein.

Das macht nichts. Ich gehe weg, und die anderen müssen dableiben. Wenn Sie mich finden, obwohl ich Ihnen das Suchen verboten habe, bringe ich mich um. Ist nicht schwer. Sogar meine Schwester hat es geschafft, und die war erst sechs. Ich hasse die ganze Welt, und am meisten hasse ich mich. Vielleicht höre ich woanders auf, mich zu hassen, das weiß ich noch nicht. Und jetzt muss ich los. Bitte verbrennen Sie den Brief, wenn Sie ihn gelesen haben. Und tschüss.

Nach Nastassjas Beerdigung fragte ich die Eltern, wieso sie Fabian nicht zu ihrer standesamtlichen Trauung mitgenommen hätten.
»Stimmt doch gar nicht«, sagte Matrimonia Kolb.
»Finden Sie ihn erst mal, dann reden wir weiter, *capice?*«, sagte Torsten Kolb.

Manche Menschen, dachte Süden, werden erst durch ihr Verschwinden sichtbar.

Friedrich Ani

SÜDEN

Roman

Zurück in München erhält Tabor Süden als Detektiv den Auftrag, nach dem Wirt Raimund Zacherl zu suchen. Der Fall ist genau das Richtige für den ehemals so erfolgreichen Ermittler: Ein Mann verlässt sein Durchschnittsleben, und jeder fragt sich, warum. Mit seinen besonderen Methoden findet Süden die Spur des Wirts und verfolgt sie bis nach Sylt – und schon längst hat er begriffen, dass niemand den Mann wirklich kannte.

»Einzigartig im deutschsprachigen Raum. Wer Anis Geschichten liest, lernt anders denken.«
HAMBURGER ABENDBLATT

Droemer

Dreifach mit dem Deutschen Krimipreis
ausgezeichnet:
Friedrich Anis Süden-Reihe bei Knaur

Friedrich Ani

Süden und das Gelöbnis des gefallenen Engels

Süden und der Straßenbahntrinker

Süden und die Frau mit dem harten Kleid

Süden und das Geheimnis der Königin

Süden und das Lächeln des Windes

Süden und der Luftgitarrist

Süden und der glückliche Winkel

Süden und das verkehrte Kind

Süden und das grüne Haar des Todes

Süden und der Mann im langen schwarzen Mantel

Süden und die Schlüsselkinder

»Locker und doch nachdenklich, witzig und doch melancholisch – eine Romanreihe, die das Potenzial hat, zu Simenonschen Dimensionen zu wachsen.«
Süddeutsche Zeitung